超救助犬
リープ

文：石黒久人　絵：あも〜れ・たか

SUPER SEARCH AND RESCUE DOG
"LEAP"

学芸みらい社
GAKUGEI MIRAISHA

1　ぼくは災害救助犬《さいがいきゅうじょけん》

ぼくの名前《なまえ》は「リープ」。災害救助犬《さいがいきゅうじょけん》です。

災害救助犬《さいがいきゅうじょけん》というのは、地震《じしん》や土砂崩《どしゃくず》れなどの災害《さいがい》があった時《とき》、被災地《ひさいち》に行《い》って、がれきの下《した》などで助《たす》けを求《もと》めている人《ひと》を、見《み》つけ出《だ》すのが仕事《しごと》です。

これはとっても難《むずか》しい仕事《しごと》なので、そのためにぼくは毎日遊《まいにちあそ》んで、いや、いろんな訓練《くんれん》をしています。

ぼくの先祖《せんぞ》は、外国《がいこく》で牧羊犬《ぼくようけん》をやっていたそうです。

羊《ひつじ》の群《む》れを追《お》って言《い》うことをきかせるのが得意《とくい》な、ボーダー・コリーという種類《しゅるい》の犬《いぬ》で、とっても優秀《ゆうしゅう》だったので、両親《りょうしん》の代《だい》から、災害救助犬《さいがいきゅうじょけん》として訓練《くんれん》されるようになりました。

　でもねえ、ぼくの〝担当《たんとう》〟は文句《もんく》を言《い》うんだよ。

「ボーダー・コリーは毛《け》が長《なが》いから、抜《ぬ》け毛《げ》の季節《きせつ》になると大変《たいへん》だあ」って。

文句《もんく》言《い》うなよ！
ボーダー・コリーは、このふさふさした毛並《けな》みが自慢《じまん》なんだぞ！
白《しろ》と黒《くろ》の色合《いろあ》いも！　と、ぼくはぴょんぴょん跳《は》ねて、くるくる回《まわ》って、抗議《こうぎ》します。

そんなぼくでしたから、「跳《は》ね回《まわ》る」「跳躍《ちょうやく》」という意味《いみ》の、「リープ」という名前《なまえ》がつけられました。

とっても気《き》に入《い》っています。響《ひび》きがいいですよね。犬《いぬ》の名前《なまえ》としては、一番《いちばん》いい名前《なまえ》ではないかな、と密《ひそ》かに思《おも》っています。

生《う》まれたばかりの頃《ころ》のことは覚《おぼ》えていないけど、小《ちい》さい時《とき》には、いつも仲間《なかま》がいました。

やんちゃなジャーマン・シェパードの「ジャック」と、おっとりしたラブラドール・レトリバーの「マロン」。

ジャックは警察犬《けいさつけん》として育《そだ》てられ、マロンは盲導犬《もうどうけん》として育《そだ》てられることになりました。

犬《いぬ》の性格《せいかく》によって、それぞれにふさわしい仕事《しごと》があるのだそうです。

犬《いぬ》というのは、もともとご主人様《しゅじんさま》にしか関心《かんしん》がない動物《どうぶつ》なんだって。

だから、ご主人様《しゅじんさま》に害《がい》を加《くわ》えるような悪《わる》い奴《やつ》に、噛《か》みついちゃう犬《いぬ》は、警察犬《けいさつけん》向《む》き。

ご主人《しゅじん》さまが「待《ま》て」と言《い》ったらずっと待《ま》ち続《つづ》けているような、ご主人様以外《しゅじんさまいがい》には無関心《むかんしん》な犬《いぬ》は、盲導犬向《もうどうけんむ》きなんだそうです。

ぼくですか?

ぼくは犬《いぬ》にしては例外的《れいがいてき》に、知《し》らない人間《にんげん》とも遊《あそ》ぶのが好《す》き。好奇心《こうきしん》おうせいで、いろんなところに鼻《はな》を突《つ》っ込《こ》んで、においを嗅《か》いでみるのが好《す》き。

だから悪《わる》い奴《やつ》とも遊《あそ》んじゃうかもしれないし（ジャックは、「犬《いぬ》としてそれは間違《まちが》っているぞ」って言《い》う）、知《し》らない街《まち》もうろうろしたくなるので（マロンは、「命《めい》令《れい》されていないことをするなんて、そんなの正《ただ》しい犬《いぬ》じゃない」って言《い》う）、警察犬《けいさつけん》にも盲導犬《もうどうけん》にも向《む》かない。

でも、災害救助犬《さいがいきゅうじょけん》になるには、ぴったりの性格《せいかく》なんだって！

そんなわけで、ぼくは災害救助犬《さいがいきゅうじょけん》の訓練《くんれん》を受《う》けることになりました。

「君《きみ》がリープだね。オレが君《きみ》の担当《たんとう》だよ」

と、〝担当《たんとう》〟はぼくをギュッと抱《だ》きしめて、のどとか、耳《みみ》の後《うし》ろを優《やさ》しくなでてくれたので、ぼくは〝担当《たんとう》〟のことが、たちまち好《す》きになりました。だから、〝担当《たんとう》〟の顔《かお》をぺろぺろなめて、ぴょんぴょん跳《は》ねて、くるくる回《まわ》って歓迎《かんげい》しました。

担当《たんとう》というのは、本名《ほんみょう》じゃないみたいなんだけど、はじめに「担当《たんとう》だよ」と言《い》ってくれたので、ぼくはその名前《なまえ》をずっと「担当《たんとう》」だと思《おも》っていました。

訓練《くんれん》をしてくれるハンドラーは何人《なんにん》もいますけど、ぼくの担当《たんとう》は、〝担当《たんとう》〟ただ一人《ひとり》なので、〝担当《たんとう》〟でいいんです。

そう。僕《ぼく》にとって担当《たんとう》は、〝担当《たんとう》〟ただ一人《ひとり》なのです。

2　訓練開始《くんれんかいし》！

災害救助犬《さいがいきゅうじょけん》は訓練《くんれん》として、いろんなことをして遊《あそ》びます。

朝《あさ》は、〝担当《たんとう》〟と河原《かわら》まで散歩《さんぽ》に行《い》って、うんちをします。

帰《かえ》ってきて、朝《あさ》ご飯《はん》。〝担当《たんとう》〟の事務仕事《じむしごと》がない時《とき》は、そこから訓練《くんれん》が始《はじ》まります。


まずは、〝担当《たんとう》〟の命令《めいれい》に、ちゃんと従《したが》う訓練《くんれん》です。

〝担当《たんとう》〟の横《よこ》にぴったりついて歩《ある》き、〝担当《たんとう》〟が停《と》まると、ぼくも停《と》まります。

一緒《いっしょ》に歩《ある》いていても、〝担当《たんとう》〟が「座《すわ》れ」と言《い》ったら、その場《ば》で座《すわ》ります。「伏《ふ》せ」と言《い》ったら、その場《ば》で伏《ふ》せます。


きちんとできると、「いい子《こ》だ」「偉《えら》いぞ」と、ほめてくれます。

これは簡単《かんたん》だけど、あんまり面白《おもしろ》くありません。でもこれができるようにならないと、違《ちが》った遊《あそ》び、じゃない、訓練《くんれん》をしてもらえないから、仕方《しかた》ないよね。

でもやっぱり、体《からだ》を思《おも》いっきり動《うご》かす方《ほう》が楽《たの》しいです。

『持《も》ってこい』がいい。

〝担当《たんとう》〟がいつもポケットに入《い》れている、「ひも付《つ》きのボール」を投《な》げて、「持《も》ってこい！」と言《い》います。

ぼくはボールを追《お》って走《はし》ります。ボールは弾《はず》んで転《ころ》がるから、そこまで考《かんが》えて走《はし》らないといけません。

ぽーん、ぽーん、ころころころころ。

ぼくは全速力《ぜんそくりょく》でダッシュして、ボールに追《お》いついて咥《くわ》えると、U《ユー》ターンして〝担当《たんとう》〟のもとに走《はし》ります。

今日《きょう》もいい感《かん》じ。昨日《きのう》よりきっと早《はや》いぞ。早《はや》いと〝担当《たんとう》〟は喜《よろこ》んで、僕《ぼく》の咥《くわ》えたボールのひもをつかんで、『引《ひ》っ張《ぱ》りっこ』をしてくれます。

『引《ひ》っ張《ぱ》りっこ』では、ぼくは犬《いぬ》の誇《ほこ》りにかけて、絶対《ぜったい》にボールをはなしません。ガッチリとボールを咥《くわ》えて、グイグイ引《ひ》っぱってくる〝担当《たんとう》〟に負《ま》けずに引《ひ》っぱり返《かえ》して、最後《さいご》にはいつもぼくが勝《か》つんです。勝《か》つと、勝利《しょうり》のお祝《いわ》いに、〝担当《たんとう》〟は「すごいな、リープは。強《つよ》いなあ。いい子《こ》だなあ」と、ぼくをほめてくれます。頭《あたま》や喉《のど》や耳《みみ》の後《うし》ろや背中《せなか》やお腹《なか》をなでて、くすぐってくれます。

ぼくは仰向《あおむ》けになって、よだれを垂《た》らして喜《よろこ》んで、またボールを投《な》げて欲《ほ》しいと、ぴょんぴょん跳《は》ねて、くるくる回《まわ》っておねだりします。

毎日毎日《まいにちまいにち》、そんなふうにして遊《あそ》ぶのが、ぼくの訓練《くんれん》です。

一本橋《いっぽんばし》の上《うえ》を渡《わた》ったり、シーソーの上《うえ》を行《い》ったり来《き》たりして、ガタゴトと上《あ》がったり下《さ》がったりさせる訓練《くんれん》。はしごや階段《かいだん》を、昇《のぼ》ったり降《お》りたりする訓練《くんれん》。小川《おがわ》を跳《と》び越《こ》えたり、トンネルをくぐったり、ぼくの訓練《くんれん》は、毎日《まいにち》とっても楽《たの》しいのです。

しかも！　その後《あと》には、もっともっと楽《たの》しい訓練《くんれん》が待《ま》っていました。

ぼくの一番好《いちばんす》きな訓練《くんれん》、『かくれんぼ』です！

〝担当《たんとう》〟や、いろんな人《ひと》がボールを持《も》って訓練場《くんれんじょう》のどこかに隠《かく》れているのを、捜《さが》し当《あ》てる遊《あそ》びです。

見《み》つけると、隠《かく》れていた人《ひと》が喜《よろこ》んでくれて、「リープ、お前《まえ》は天才《てんさい》だ！　いいぞ、偉《えら》いぞ、リープ！」とほめてくれて、持《も》っていたボールで『引《ひ》っ張《ぱ》りっこ』をしてくれます。

実《じつ》は『かくれんぼ』はね、一番大事《いちばんだいじ》な仕事《しごと》の訓練《くんれん》なんですよ。

十年以上前《じゅうねんいじょうまえ》に大《おお》きな地震《じしん》があったとき、家《いえ》がたくさん壊《こわ》れて、その下敷《したじ》きになってしまった人《ひと》が大勢《おおぜい》いたそうです。その中《なか》には、けがはしていないけど、建物《たてもの》のがれきの下《した》で動《うご》けなくなっていた人《ひと》が、何百人《なんびゃくにん》もいたそうです。

もしそのときに災害救助犬《さいがいきゅうじょけん》がいっぱいいて、その人《ひと》たちが水《みず》も飲《の》めなくて死《し》んでしまう前《まえ》に見《み》つけてあげることができたら、きっと助《たす》けられたに違《ちが》いありません。

ですから、そのために、ぼくたちは災害救助《さいがいきゅうじょ》の訓練《くんれん》を受《う》けています。がれきの下《した》や、壊《こわ》れた家《いえ》の中《なか》で、助《たす》けを求《もと》めている人《ひと》を捜《さが》すために。

そういうわけで、『かくれんぼ』の訓練《くんれん》は、とっても大事《だいじ》なんです。

『かくれんぼ』では、「隠《かく》れる役《やく》の人《ひと》」は、最初《さいしょ》はすぐわかるところにいて、こっちを見《み》てニコニコしてくれるんですけど、だんだん見《み》ただけでは見《み》つからないところに隠《かく》れます。

ブロックの後《うし》ろにいたり、トンネルの向《む》こうにいたり、穴《あな》の中《なか》に隠《かく》れていたりするんです。

だけど、そんなことでは、ぼくから逃《に》げ切《き》ることなんてできません。

だって、ぼくは、犬《いぬ》なんです。犬《いぬ》の嗅覚《きゅうかく》は、人間《にんげん》の百万倍《ひゃくまんばい》もあるんですよ。

コーヒーばっかり飲《の》んでいる、ぼくの〝担当《たんとう》〟。

ケーキの好《す》きな、メガネの新《しん》人女性《じんじょせい》アシスタントの、〝メガネさん〟。

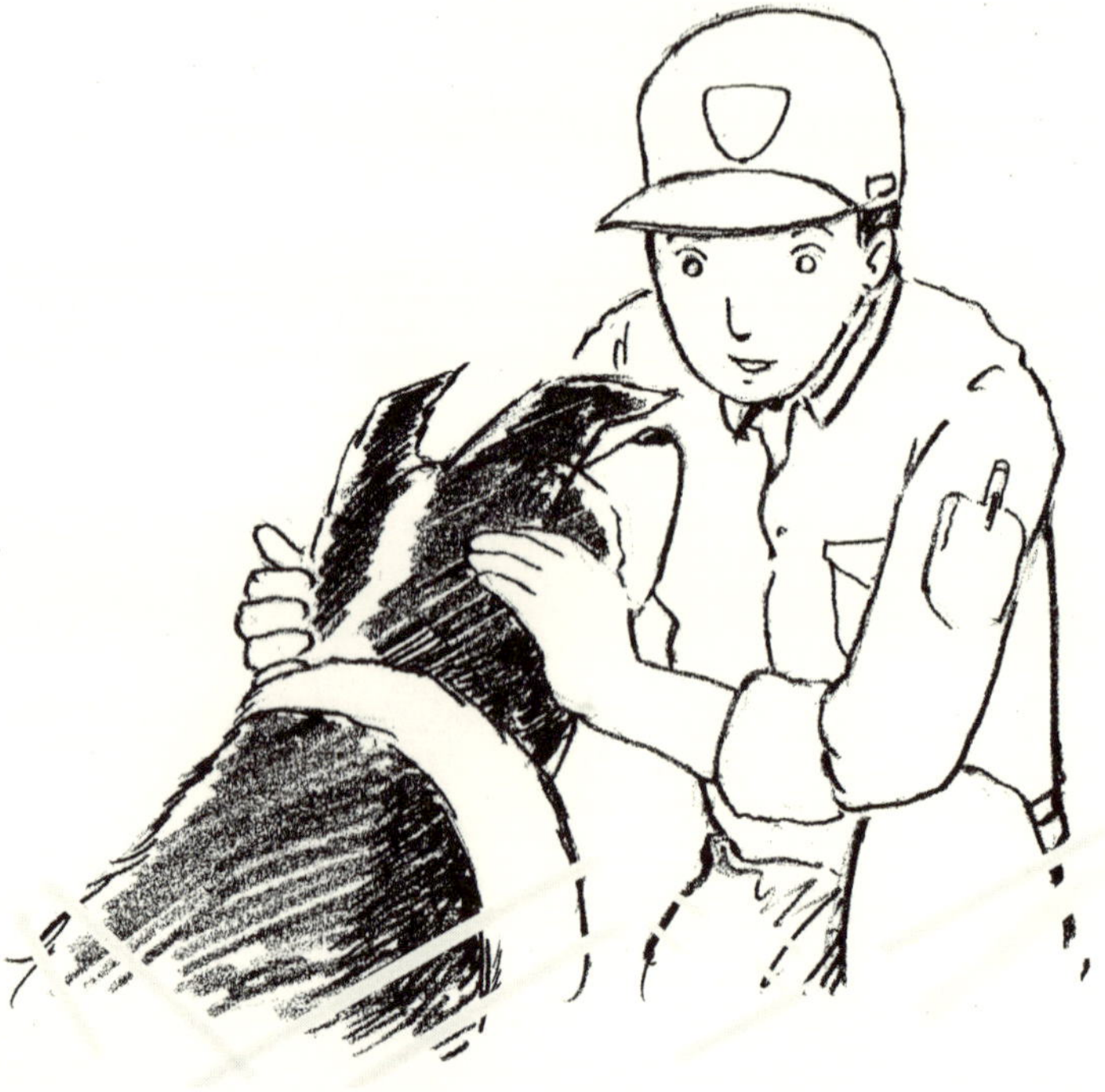

ソース焼《や》きそばやお好《この》み焼《や》きの好《す》きな、ぼくの所属《しょぞく》する災害救助犬協会《さいがいきゅうじょけんきょうかい》のもう一人《ひとり》のハンドラー、〝ふとっちょさん〟。

みんな生《い》きている限《かぎ》り、「生《い》きている人《ひと》のにおい」があるんだから、ぼくの鼻《はな》にかかったら、どんなところに隠《かく》れたって、すぐに嗅《か》ぎ当《あ》ててみせるのです。

広《ひろ》い場所《ばしょ》で、どこに隠《かく》れているかわからないときには、風下《かざしも》に行《い》って、鼻先《はなさき》を天《てん》に向《む》けます。そうして、においを嗅《か》ぎとることに、意識《いしき》を集中《しゅうちゅう》させます。

そうすると、風《かぜ》に乗《の》って、大気《たいき》の中《なか》に出《で》てきたその人《ひと》の「におい」がキャッチできるのです。

できなかったら場所《ばしょ》を移動《いどう》して、においを感《かん》じたら、そこから風上《かざかみ》に向《む》かって調《しら》べていきます。

方向《ほうこう》を間違《まちが》えると、においが薄《うす》くなり、正《ただ》しいと、だんだん濃《こ》くなってきます。

近《ちか》くまで行《い》っても、隠《かく》れていてすぐにはわからない場合《ばあい》は、がれきの隙間《すきま》に鼻《はな》を突《つ》っ込《こ》んでみたり、何《なに》かをちょっと動《うご》かしてみたりして、「ここに隠《かく》れているのに、間違《まちが》いない！」と思《おも》ったら、吠《ほ》えて、「見《み》つけたよ！」と伝《つた》えます。


正解《せいかい》したら、みんなで大騒《おおさわ》ぎ。ぼくもぴょんぴょん跳《は》ねて、くるくる回《まわ》って喜《よろこ》んだりします。

だんだん上手《じょうず》になって、難《むずか》しい『かくれんぼ』でもすぐに見《み》つけられるようになると、〝担当《たんとう》〟やアシスタントやボランティアのみんなが、すごく喜《よろこ》んで、ほめてくれます。

ぼくはそれが嬉《うれ》しいから、苦手《にがて》だった高《たか》いところや、がれきの上《うえ》だってもうへっちゃらで、あっという間《ま》に捜《さが》してみせるのです。

いつもの訓練場《くんれんじょう》や河原《かわら》で、知《し》ってる人《ひと》だけを見《み》つけられるんじゃないんですよ。知《し》らないボランティアの人《ひと》が隠《かく》れていても、「知《し》らない人《ひと》のにおい」を捜《さが》して、そのにおいを追《お》って、見《み》つけることができます。

〝担当《たんとう》〟と一緒《いっしょ》に車《くるま》に乗《の》って、いつもと違《ちが》う、他《ほか》の団体《だんたい》の救助犬《きゅうじょけん》の訓練場《くんれんじょう》に行《い》っても、そこに隠《かく》れている知《し》らない人《ひと》を、すぐに見《み》つけられます。

山《やま》で遭難《そうなん》した人《ひと》を捜《さが》す訓練《くんれん》で、藪《やぶ》の中《なか》を捜《さが》しているときなんかは、人間《にんげん》よりも、ヘビやリスにたくさん出会《であ》いました。

廃校《はいこう》になった小学校《しょうがっこう》の校舎《こうしゃ》では、解体前《かいたいまえ》に「どこの教室《きょうしつ》に隠《かく》れているか、捜《さが》してみよう！」という『かくれんぼ』をやって、解体後《かいたいご》には、山《やま》のようながれきの中《なか》で、「こんながれきは、いつもは用意《ようい》できないから、思《おも》いっきり楽《たの》しもう！」

と言《い》って、また『かくれんぼ』をしました。

埋《う》め立《た》て地《ち》の廃材置《はいざいお》き場《ば》で古《ふる》いタイヤの山《やま》や、コンクリートブロックを使《つか》って『かくれんぼ』をした日《ひ》は、ものすごく暑《あつ》い日《ひ》でした。

ぼくも暑《あつ》くて、舌《した》をたらしてハアハア言《い》いながら捜《さが》しましたけど、隠《かく》れている人《ひと》はもっと大変《たいへん》。でも、タイヤのゴムのにおいに混《ま》じった汗《あせ》のにおいで、すぐにわかっちゃいましたけどね。

そうです、ぼくは『かくれんぼ』で、隠《かく》れている人《ひと》を捜《さが》す天才《てんさい》なんです。

ぼくは仲間《なかま》の中《なか》で一番《いちばん》、『かくれんぼ』捜《さが》しの名人《めいじん》、じゃない名犬《めいけん》なんです！

3　いろんな経験《けいけん》

普通《ふつう》の訓練以外《くんれんいがい》にも、いろんな訓練《くんれん》やイベントへの出動《しゅつどう》がありました。

面白《おもしろ》かったのが、消防《しょうぼう》や警察《けいさつ》の人《ひと》たちとの、合同訓練《ごうどうくんれん》。

災害現場《さいがいげんば》では、消防《しょうぼう》や警察《けいさつ》の人《ひと》たちとの共同作業《きょうどうさぎょう》になるので、そういうのに慣《な》れておかなければいけないのです。そこではイベントに来《き》た人《ひと》たちの前《まえ》で、作《つく》りたてのがれきの中《なか》から隠《かく》れている人《ひと》を捜《さが》し出《だ》して見《み》せて、「おっ、災害救助犬《さいがいきゅうじょけん》って、役《やく》に立《た》つんだな」と思《おも》っていただかないとなりません。

ところが、ぼくも初《はじ》めて行《い》った時《とき》は、興奮《こうふん》してはしゃいで、がれきの上《うえ》を跳《は》ね回《まわ》って遊《あそ》んでしまって、叱《しか》られました。

だって、知《し》らない人《ひと》が見《み》たこともない服《ふく》を着《き》て大勢《おおぜい》いるし、ヘリコプターはすごい音《おと》を立《た》てて飛《と》ぶし、サイレンは鳴《な》るし、消防車《しょうぼうしゃ》は炎《ほのお》めがけて放水《ほうすい》するし、もうビックリすることばっかりだったんですもん。

でも、二回目《にかいめ》からは大丈夫《だいじょうぶ》。同《おな》じ失敗《しっぱい》はしないから。がれきの中《なか》に隠《かく》れていた〝担当《たんとう》〟をあっという間《ま》に見《み》つけて、拍手喝采《はくしゅかっさい》でした。

でもね、災害救助犬《さいがいきゅうじょけん》も、安心《あんしん》してはいられません。最近《さいきん》、消防《しょうぼう》のハイパーレスキューの人《ひと》たちは、「電磁波人命探査装置《でんじはじんめいたんさそうち》」っていうハイテクの新兵器《しんへいき》を手《て》に入《い》れたらしいんです。

だから、ぼくたち伝統《でんとう》ある救助犬《きゅうじょけん》も、もっと能力《のうりょく》を高《たか》めて、強力《きょうりょく》なライバルに、遅《おく》れを取《と》ってはならないのです！

何回目《なんかいめ》かの大《おお》きな合同訓練《ごうどうくんれん》の時《とき》にはね、どこかで嗅《か》いだことのあるにおいだと思《おも》ったら、警察犬《けいさつけん》の中《なか》にジャックがいました。

「ジャックじゃないか？　でっかくなったなあ。革《かわ》の首輪《くびわ》、カッコイイね。もう悪《わる》い奴《やつ》に噛《か》みついた？」

「おう、リープ。まだまだ訓練中《くんれんちゅう》だよ。お前《まえ》は相変《あいか》わらずだな。ちっちゃいくせに、元気《げんき》いっぱいだな」

「がんばろうね、ジャック」

「おう、リープもな」

ぼくたちは、犬《いぬ》にしかわからない犬語《いぬご》で話《はなし》をすると、それぞれのハンドラーのところに帰《かえ》りました。

ジャックの制圧訓練《せいあつくんれん》は、すごかったよ。

「かかれっ！」っていうハンドラーの命令《めいれい》が出《で》ると、車《くるま》の向《む》こうで銃《じゅう》をかまえた犯人役《はんにんやく》の人《ひと》に向《む》かって、ものすごい勢《いきお》いで車《くるま》の

ボンネットを蹴《け》って飛《と》び越《こ》えると、

銃《じゅう》を持《も》った手《て》に、ガブッと

噛《か》みつく！

すごい！　獲物《えもの》を襲《おそ》うオオカミみたいだ。ぼくには絶対《ぜったい》にできない。

やっぱり犬《いぬ》の個性《こせい》っていろいろあるんだな、と思《おも》いました。

小学校《しょうがっこう》の校庭《こうてい》で、災害救助犬《さいがいきゅうじょけん》を紹介《しょうかい》するイベントにも行《い》きました。

ぼくが目隠《めかく》しを外《はず》すと、校庭《こうてい》の真《ま》ん中《なか》に大《おお》きな段《だん》ボール箱《ばこ》が三《みっ》つ。その中《なか》のどれかに子供《こども》が隠《かく》れているらしいのです。それを、当《あ》ててみなさい、という遊《あそ》びです。

人間《にんげん》の子供《こども》たちが、いっぱい見《み》ています。こういうのは簡単《かんたん》なんだけど、一応《いちおう》、わからないふりをして、あちこちの段《だん》ボール箱《ばこ》のにおいを嗅《か》いでみて、「やっとわかったぞ！」というように、「わおんっ！」と吠《ほ》えます。

そうすると、段《だん》ボール箱《ばこ》が開《あ》いて、「当《あ》たったたーっ！」と、みんな大喜《おおよろこ》び。中《なか》からひも付《つ》きボールを持《も》った子供《こども》が出《で》てきて、ぼくと『引《ひ》っ張《ぱ》りっこ』をして遊《あそ》ぶ、というものです。

いつも大変《たいへん》なのはその後《あと》で、犬好《いぬず》きの子供《こども》が何十人《なんじゅうにん》も押《お》し寄《よ》せてきて、ぼくをさわってなでて、毛《け》を抜《ぬ》こうとしたりする子《こ》もいて、もみくちゃにされてしまいます。

それ以外《いがい》にも、いろんな街《まち》に旅行《りょこう》して、「災害救助犬《さいがいきゅうじょけん》の出動《しゅつどう》に関《かん》する協定《きょうてい》」というのを結《むす》んだこともありました。

これは、地震《じしん》とか土砂崩《どしゃくず》れがあった時《とき》、被災地《ひさいち》の救助隊《きゅうじょたい》の人《ひと》たちと協力《きょうりょく》して救《きゅう》助活動《じょかつどう》ができるように、「災害救助犬《さいがいきゅうじょけん》というのは、こういう場合《ばあい》に役《やく》に立《た》ちます」「消防《しょうぼう》や警察《けいさつ》との合同訓練《ごうどうくんれん》もやっています」「自衛隊《じえいたい》とも、すぐに協力《きょうりょく》できる体制《たいせい》になっています」というお話《はなし》をして、時《とき》にはがれき捜索訓練《そうさくくんれん》も見《み》せて、「では、いざという時《とき》には、すぐに災害救助犬《さいがいきゅうじょけん》を連《つ》れて、駆《か》けつけます」という約束《やくそく》を、前《まえ》もって取《と》り付《つ》けておくのです。

こうした協定《きょうてい》を結《むす》ぶことで、災害《さいがい》があって、被災地《ひさいち》が大混乱《だいこんらん》している時《とき》でも、すぐにぼくたちが出動《しゅつどう》できるようになるのだそうです。

人間同士《にんげんどうし》の約束《やくそく》は、もちろん〝担当《たんとう》〟がやりますが、ぼくもそこに付《つ》いて行《い》きます。

市長室《しちょうしつ》に一緒《いっしょ》に入《はい》って、調印《ちょういん》がされるまで、担当《たんとう》の横《よこ》に座《すわ》って、一時間《いちじかん》くらいずっと待《ま》っているのが、ぼくの役割《やくわり》です。

世《よ》の中《なか》には犬嫌《いぬぎら》いな人《ひと》もいますので、「災害救助犬《さいがいきゅうじょけん》は訓練《くんれん》されていますから、人《ひと》に噛《か》みついたりしません。何《なん》でも言《い》うこと聞《き》きますよ。恐《こわ》くないですよ」ということをアピールしなくてはなりません。これで、犬嫌《いぬぎら》いな市長《しちょう》さんも、安心《あんしん》してくれます。

（逆《ぎゃく》に市長《しちょう》さんや危機管理室長《ききかんりしっちょう》さんが犬好《いぬず》きだと、調印《ちょういん》なんて一分《いっぷん》で終了《しゅうりょう》、その

あと大歓迎《だいかんげい》で可愛《かわい》がってくれるので、ぼくも大喜《おおよろこ》びしたりします）

盲導犬《もうどうけん》になったマロンは、毎日何時間《まいにちなんじかん》も、「座《すわ》っていなさい。動《うご》いちゃダメだよ」って言《い》われてるんでしょうか？　だとしたら、マロンは偉《えら》いなあ。ぼくだったら、毎日《まいにち》は、絶対《ぜったい》ムリ。

4　はじめての被災地《ひさいち》

そんなふうに過《す》ごしていたら、ある日《ひ》、テレビを見《み》ていた〝担当《たんとう》〟が、真剣《しんけん》な顔《かお》をしてぼくに言《い》いました。

「リープ。大《おお》きな地震《じしん》と津波《つなみ》があった。これからオレたちと被災地《ひさいち》に行《い》く。がれきの下《した》で助《たす》けを待《ま》っている人《ひと》を捜《さが》すんだ」

その日《ひ》の夕方《ゆうがた》すぐに、ぼくと〝担当《たんとう》〟と、チームの仲間《なかま》たち、犬《いぬ》が三匹《さんびき》と人間《にんげん》五人《ごにん》は、二台《にだい》の車《くるま》にテントや食料《しょくりょう》を山《やま》ほど積《つ》んで、

被災地《ひさいち》に向《む》かいました。渋滞《じゅうたい》が予想《よそう》されたので、地元《じもと》の消防《しょうぼう》と連絡《れんらく》を取《と》って、いっしょに緊急車両《きんきゅうしゃりょう》として行《い》きました。

それでも、途中《とちゅう》で津波警報《つなみけいほう》が出《で》て、高速道路《こうそくどうろ》が封鎖《ふうさ》されていて動《うご》けなくなったので、ドライブインに駐車《ちゅうしゃ》して少《すこ》し眠《ねむ》ったり、次《つぎ》の日《ひ》は、建設途中《けんせつとちゅう》でまだアスファルトが敷《し》いてない、ガタガタの高速道路《こうそくどうろ》も通《とお》ったりしました。

〝担当《たんとう》〟やアシスタントの〝メガネさん〟は、ずっとニュースを聞《き》いたり、消防《しょうぼう》や、被災地《ひさいち》に近《ちか》い災害救助犬協会《さいがいきゅうじょけんきょうかい》の人《ひと》と、携帯《けいたい》でやり取《と》りをしていました。

津波《つなみ》の被害《ひがい》はものすごいようです。

他《ほか》の団体《だんたい》の災害救助犬《さいがいきゅうじょけん》のチームも被災地《ひさいち》に向《む》かっていますし、消防《しょうぼう》や警察《けいさつ》、自衛隊《じえいたい》まで入《はい》って救助活動《きゅうじょかつどう》を始《はじ》めています。その中《なか》で、ぼくたちが一番活躍《いちばんかつやく》できて、お役《やく》に立《た》ちそうなところはどこか、ずっと調《しら》べてくれていました。

被災地《ひさいち》に着《つ》いたのは、地震《じしん》と津波《つなみ》のあった翌日《よくじつ》の夜中《よなか》です。一日半《いちにちはん》かかってしまいました。

その日《ひ》は高台《たかだい》にテントを張《は》って眠《ねむ》って、翌朝《よくあさ》から捜索《そうさく》に入《はい》りました。

〝担当《たんとう》〟は、訓練《くんれん》の時《とき》とは違《ちが》って、ヘルメットをかぶり、分厚《ぶあつ》い手袋《てぶくろ》をつけ、頑丈《がんじょう》そうな靴《くつ》をはいて、いつもの携帯《けいたい》とは違《ちが》う、でっかいトランシーバーも持《も》っていました。あ、もちろん、ぼくのうんちを拾《ひろ》う袋《ふくろ》も忘《わす》れません。

ぼくたちが最初《さいしょ》に行《い》ったところは、コンクリートの頑丈《がんじょう》な建物《たてもの》以外《いがい》は津波《つなみ》に流《なが》されてしまって、助《たす》けを求《もと》めている人《ひと》が隠《かく》れていそうなところは、ほとんどありませんでした。

街全体《まちぜんたい》が津波《つなみ》にやられたので、がれきや水《みず》たまりから強《つよ》い海《うみ》のにおいがしました。

その中《なか》に、救助活動《きゅうじょかつどう》をしている消防《しょうぼう》の人《ひと》や自衛隊《じえいたい》の人《ひと》のにおいも混《ま》じるので、助《たす》けを求《もと》めている人《ひと》がいても、そのにおいがよくわかりません。

しかも、津波警報《つなみけいほう》が出《で》るたびに高《たか》台《だい》に避難《ひなん》しないといけないので、捜《そう》索《さく》は何度《なんど》も中断《ちゅうだん》されました。

高台《たかだい》のあたりの、津波《つなみ》の被害《ひがい》のなかったところでは、壊《こわ》れた家《いえ》はほとんどありませんでした。地震《じしん》の被害《ひがい》より、津波《つなみ》の被害《ひがい》の方《ほう》が、はるかに大《おお》きかったのです。

四日間《よっかかん》、場所《ばしょ》を移動《いどう》しながら捜索《そうさく》活動《かつどう》をしましたが、助《たす》けを求《もと》めている人《ひと》を見《み》つけることはできませんでした。

「助《たす》けを求《もと》めている人《ひと》が、もうそこにいない、ということを確認《かくにん》しただけでも、良《よ》かったんだよ」と〝担《たん》当《とう》〟は言《い》ってくれて、時々《ときどき》『引《ひ》っ張《ぱ》りっこ』をして遊《あそ》んでくれましたが、毎日《まいにち》、ぼくも担当《たんとう》も、高台《たかだい》に張《は》ったテントに戻《もど》る時《とき》には、ぐったりしていました。

〝担当《たんとう》〟は、すごく残念《ざんねん》そうでした。

「どういう状況《じょうきょう》だったら、この子《こ》たちが活躍《かつやく》できるんだろう?」

と、帰《かえ》りの車《くるま》の中《なか》で、ぼくをブラッシングしてくれながら、ずっとつぶやいていました。

もっと早《はや》く被災地《ひさいち》に行《い》けるようにしないといけない。災害救助《さいがいきゅうじょ》犬《けん》は、地震《じしん》で建物《たてもの》が壊《こわ》れた時《とき》には活躍《かつやく》できるけど、津波《つなみ》の時《とき》にはあまり活躍《かつやく》できない。

被災地《ひさいち》の危機管理《ききかんり》センターとかと連絡《れんらく》を取《と》って、どこに行《い》ったらいいかを、指《し》示《じ》してもらえるようにしないといけない。でも、被災地《ひさいち》には連絡《れんらく》が取《と》れないこともあったから、自衛隊《じえいたい》との連絡《れんらく》を強化《きょうか》した方《ほう》がいいんだろうか？……

ぼくも、ずっと考《かんが》えていました。

知《し》らないところに行《い》ったくらいで、ドキドキしていたらいけない。いろんな救《きゅう》助活動《じょかつどう》をしている人《ひと》たちのにおいをすぐに覚《おぼ》えて、それ以外《いがい》の人《ひと》のにおいを捜《さが》さないといけない。いつもの訓練《くんれん》とは全然違《ぜんぜんちが》うにおいもいっぱいあるけど、それにあんまり気《き》を取《と》られてはいけない。がれきは訓練《くんれん》の時《とき》のと違《ちが》って、上《うえ》に乗《の》ったら崩《くず》れそうなのもあるし、釘《くぎ》が出《で》ていたり、ガラスの破片《はへん》がいっぱい散《ち》らかっているから、ケガをしないように気《き》をつけないといけない。……

そして、また、毎日《まいにち》の訓練《くんれん》が始《はじ》まりました。

その中《なか》には、新《あたら》しい訓練《くんれん》として、ヘリコプターからの降下訓練《こうかくんれん》もありました。今回《こんかい》、被災地《ひさいち》に行《い》くのに思《おも》ったより時間《じかん》がかかってしまったことの反省《はんせい》から、消防《しょうぼう》や自衛隊《じえいたい》のヘリコプターを使《つか》っての緊急移動《きんきゅういどう》が、本格的《ほんかくてき》に検討《けんとう》されるようになったのです。

まず最初《さいしょ》は、消防署《しょうぼうしょ》の建物《たてもの》の壁際《かべぎわ》の低《ひく》いところで、ぼくと〝担当《たんとう》〟がハーネスをつけてぶら下《さ》がるところから始《はじ》めました。

ぶらーん、ぶらーん。最初《さいしょ》は一《いち》メートルくらいなので、ちっとも恐《こわ》くありません。

それが、だんだん練習《れんしゅう》するうちに、高《たか》くなっていきます。

二《に》メートル、三《さん》メートル、四《よん》メートル、五《ご》メートル。

そうなると、だんだんぼくも恐《こわ》くなってきますし、〝担当《たんとう》〟も、「恐《こわ》くないよ」と言《い》いつつ、ぼくにしがみついてきます。（なんだ、〝担当《たんとう》〟も本当《ほんとう》は恐《こわ》いんじゃないか）

一日《いちにち》かかってそれに慣《な》れると、今度《こんど》はヘリコプターに乗《の》るのです。

初《はじ》めての時《とき》は、クレートに入《い》れられました。興奮《こうふん》したり、驚《おどろ》いたりしてヘリコプターの中《なか》で暴《あば》れたらいけないからです。

ばばばばばばばって、ものすごい音《おと》。そして地面《じめん》がどんどん遠《とお》くなる。

一度《いちど》高《たか》いところを飛《と》んで、ぼくが大暴《おおあば》れしそうにないことを確認《かくにん》すると、地面《じめん》から十《じゅう》メートルくらいのところまで降《お》りてきて、そこで〝担当《たんとう》〟と一緒《いっしょ》にがっちりとハーネスをつけてもらって、降《お》りることになりました。

すごい音《おと》と、すごい風《かぜ》。

ふだん歩《ある》いたり走《はし》ったりしている地面《じめん》が、ずっと下《した》に見《み》えます。訓練所《くんれんじょ》の建物《たてもの》の三階《さんかい》から下《した》を見《み》る時《とき》とちがって、空《そら》を飛《と》んでいるヘリコプターから、さらにぶら下《さ》げられているので、ゆら〜〜り、ゆら〜〜り、と地面《じめん》が揺《ゆ》れて見《み》えるのです。大《おお》きなぶらんこ。ちょっと恐《こわ》いけど、とっても面白《おもしろ》い。

空《そら》が近《ちか》くて、地面《じめん》が下《した》の方《ほう》にあって、ずっと遠《とお》くが見《み》えて、いつもと違《ちが》ったにおいがします。

ヘリコプターのエンジンのにおいだけじゃありません。ヘリコプターが作《つく》っている風《かぜ》が、遠《とお》くの空《そら》のにおいを運《はこ》んできているようにも思《おも》います。

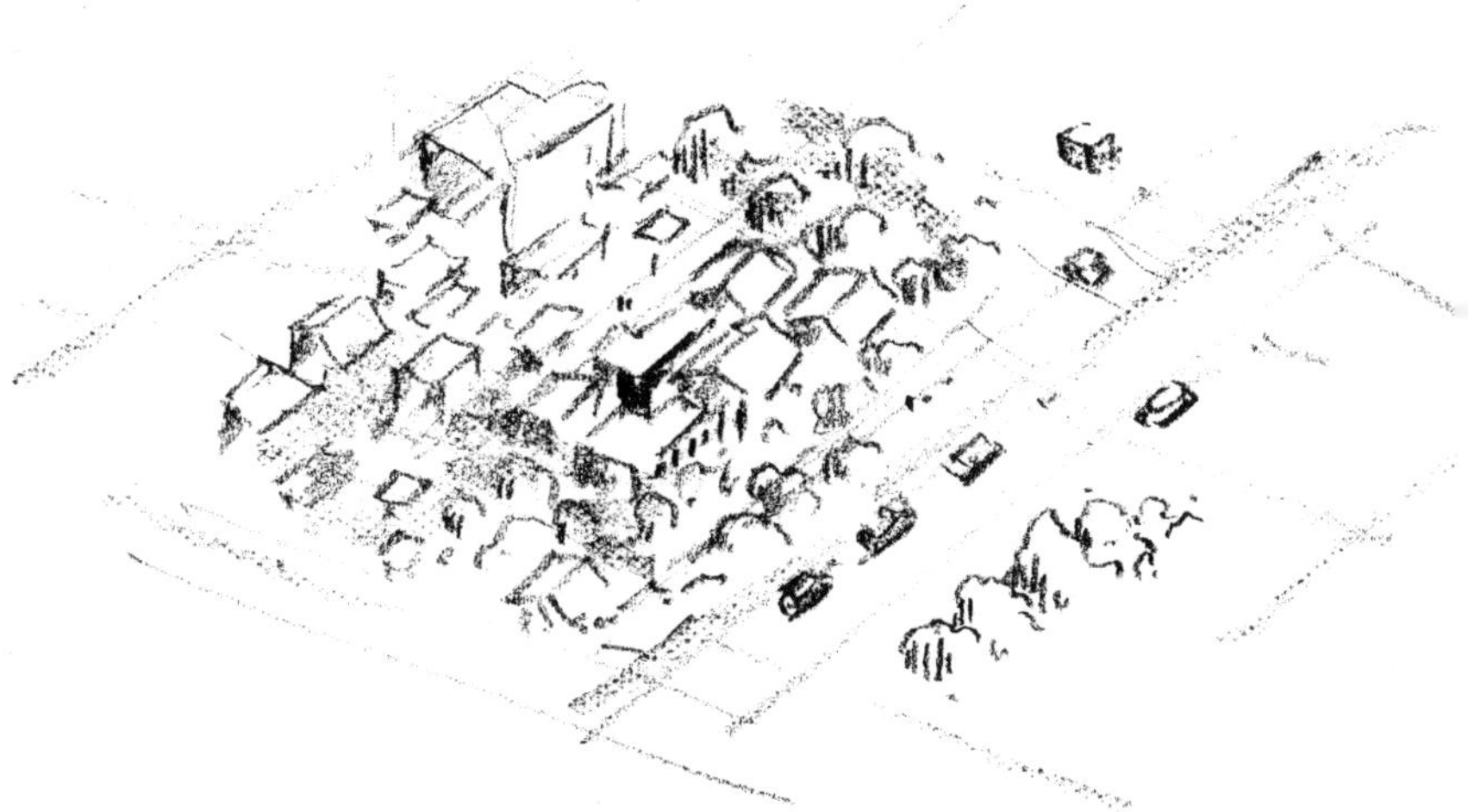

恐《こわ》いけど、恐《こわ》くない。〝担当《たんとう》〟がしっかりぼくを抱《だ》きしめてくれています。

降《お》りる前《まえ》にも、「恐《こわ》くないぞ。人間《にんげん》の科学《かがく》の力《ちから》を信《しん》じろ。オレも信《しん》じるから、リープも信《しん》じろ」と言《い》ってくれました。

がっちりとしたハーネスが、ぼくと〝担当《たんとう》〟を支《ささ》えてくれます。

だから、恐《こわ》くありません。

ぼくは〝担当《たんとう》〟を信《しん》じているし、〝担当《たんとう》〟が、人間《にんげん》の科学《かがく》が作《つく》ったヘリコプターやそのパイロットの人《ひと》を信《しん》じているなら、ぼくに恐《こわ》いことなんてないんです。

5　災害救助犬《さいがいきゅうじょけん》として、そして……

何ヶ月《なんげつ》かして、また地震《じしん》がありました。今度《こんど》は山《やま》の方《ほう》の地震《じしん》で、いくつもの家《いえ》が山崩《やまくず》れで流《なが》された、ということでした。

近《ちか》くまでは車《くるま》で行《い》きましたが、道路《どうろ》が崩《くず》れていたので、そこからは消防《しょうぼう》のヘリコプターで行《い》きました。ぼくは前《まえ》にもヘリコプターに乗《の》ったことがあったので、落《お》ち着《つ》いていたら、パイロットの人《ひと》が、「このワンちゃん、度胸《どきょう》があるねえ」と言《い》ってくれました。

ヘリコプターは被災地《ひさいち》の小学校《しょうがっこう》の校庭《こうてい》に着陸《ちゃくりく》したので、ハーネスでの降下《こうか》はありませんでした。

そこにはたくさんの自衛隊《じえいたい》の人《ひと》もいて、土砂《どしゃ》で埋《う》まった近《ちか》くの建物《たてもの》を掘《ほ》り出《だ》そうとしていました。道路《どうろ》がダメになっているので、大型《おおがた》の機械《きかい》が入《はい》れないのです。だから、まだ人《ひと》がいるかもしれない鉄筋《てっきん》の建物《たてもの》を、スコップで掘《ほ》り出《だ》そうとしていたのです。

ぼくたちは、土砂崩《どしゃくず》れで流《なが》された家《いえ》のさらに下《した》の方《ほう》で、助《たす》けを求《もと》めている人《ひと》の捜索《そうさく》を始《はじ》めました。

地震《じしん》の発生《はっせい》から、八時間《はちじかん》くらいしか経《た》っていません。助《たす》けを求《もと》めている人《ひと》が生《い》きている可能性《かのうせい》は、まだ充分《じゅうぶん》にあります。

ぼくと〝担当《たんとう》〟は、スコップを持《も》った三人《さんにん》の自衛隊員《じえいたいいん》の人《ひと》と一緒《いっしょ》に、土砂崩《どしゃくず》れにあって流《なが》された家《いえ》に向《む》かいました。山《やま》の一角《いっかく》が崩《くず》れて、土砂《どしゃ》はふもとの川《かわ》の方《ほう》まで流《なが》れていました。

地震《じしん》で流《なが》れ出《だ》した土砂《どしゃ》はまだ柔《やわ》らかく、その上《うえ》はぼくでも歩《ある》けないほど不安定《ふあんてい》です。家《いえ》はバラバラに壊《こわ》れていて、その中《なか》に人《ひと》のいる気配《けはい》はありません。

ぼくたちは、土砂《どしゃ》の流《なが》れの脇《わき》の、木《き》の生《お》い茂《しげ》った斜面《しゃめん》を降《お》りていきました。

ぼくは時々《ときどき》、鼻《はな》を天《てん》に向《む》けて、においを探《さぐ》ります。

〝担当《たんとう》〟のでも、消防《しょうぼう》や自衛隊《じえいたい》の人《ひと》たちのでも、避難所《ひなんじょ》にいた人《ひと》たちのにおいでもない、誰《だれ》か知《し》らない人《ひと》のにおい。空中《くうちゅう》にただよっている、わずかなにおいでもキャッチできれば、ぼくはその場所《ばしょ》を絶対《ぜったい》に捜《さが》し当《あ》てることができます。

——風《かぜ》よ、大気《たいき》よ。ぼくを導《みちび》いておくれ。

まだ生《い》きて、助《たす》けを求《もと》めている人《ひと》がいたら、ぼくにその人《ひと》のにおいを、運《はこ》んできておくれ。

何度《なんど》か移動《いどう》しながら、ぼくはそうしてにおいを探《さぐ》りました。

そして、一時間《いちじかん》ほど経《た》った時《とき》、知《し》らない人《ひと》のにおいがありました！

ぼくは、「わおんっ！」と吠《ほ》えて、そのにおいの強《つよ》くなる方《ほう》に向《む》かいました。

ずるずる滑《すべ》る土砂《どしゃ》や、倒《たお》れた木《き》の上《うえ》を慎重《しんちょう》に歩《ある》いて、何度《なんど》も風《かぜ》に乗《の》ってくるわずかなにおいの方向《ほうこう》を確認《かくにん》します。

においがぼくを導《みちび》いてくれます。こっちだよ、こっちだよ！って。

〝担当《たんとう》〟たちも、ぼくの後《あと》を追《お》ってきます。人間《にんげん》はぼくよりずっと体重《たいじゅう》が重《おも》いので、うっかりすると土砂《どしゃ》に流《なが》されてしまうので、ぼくの速度《そくど》には付《つ》いて来《こ》られません。

ぼくは、においがますます強《つよ》くなってくる

みたいに感《かん》じました。
眠《ねむ》っているような人《ひと》がいる。
ゆうべ、カレーを食《た》べていた
人《ひと》だ。まだ生《い》きている。

どこだ?

……近《ちか》いぞ。
ここだ!

——いました!

土石流《どせきりゅう》が川《かわ》をせき止《と》めているあたりに、体《からだ》のほとんどが土《つち》に埋《う》まっていたけど、顔《かお》の半分《はんぶん》、目《め》と鼻《はな》のあたりだけが土《つち》から外《そと》に出《で》ていた、十歳《じゅっさい》くらいの、女《おんな》の子《こ》が、いました！

ぼくは、駆《か》け寄《よ》ると、大《おお》きな声《こえ》で吠《ほ》えました。

「いるよ！　ここにいるよ！」

〝担当《たんとう》〟や自衛隊《じえいたい》の人《ひと》がたどり着《つ》くまで、ぼくは吠《ほ》え続《つづ》けました。生《い》きている人《ひと》を見《み》つけたら、吠《ほ》え続《つづ》けるのが、ぼくの仕《し》事《ごと》です。

女《おんな》の子《こ》の目《め》が、うっすらと開《あ》きました。

ぼくは女《おんな》の子《こ》を怖《こわ》がらせないように、「クーン、クーン」と小《ちい》さな声《こえ》を出《だ》して安心《あんしん》させ、〝担当《たんとう》〟を呼《よ》ぶ時《とき》だけ、大《おお》きな声《こえ》を出《だ》しました。

自衛隊《じえいたい》の人《ひと》たちが〝担当《たんとう》〟より早《はや》く駆《か》けつけてきて、「要救助者確認《ようきゅうじょしゃかくにん》！　救助《きゅうじょ》犬《けん》が見《み》つけました！　生《い》きています！　意識《いしき》もあります！　至急《しきゅう》、救護《きゅうご》の必要《ひつよう》があります！」と、連絡《れんらく》し、「クラッシュしてないか、確認《かくにん》しながらだぞ！」と言《い》いながら、女《おんな》の子《こ》を掘《ほ》り出《だ》しました。

〝担当《たんとう》〟は、「リープ、よくやった！　いい子《こ》だ！　大好《だいす》きだぞっ！」と、思《おも》いっきりほめて、体中《からだじゅう》なでてくれました。自衛隊《じえいたい》の人《ひと》も、「偉《えら》いぞ！　お前《まえ》、最高《さいこう》だぜっ！」とほめてくれて、ビーフジャーキーもくれました。

その後《あと》も、ぼくたちは捜索《そうさく》を続《つづ》けました。次《つぎ》の日《ひ》も、次《つぎ》の次《つぎ》の日《ひ》も捜索《そうさく》をしたのですけど、生《い》きている人《ひと》を助《たす》けられたのは、その女《おんな》の子《こ》一人《ひとり》だけでした。

被災地全体《ひさいちぜんたい》では、成果《せいか》はもうひとつありました。コンクリートの建物《たてもの》の中《なか》の部屋《へや》に閉《と》じ込《こ》められていた男性《だんせい》を、自衛隊《じえいたい》の人《ひと》が掘《ほ》り出《だ》すことができたので、成果《せいか》は二名《にめい》。

たった二人《ふたり》しか助《たす》けられなかったけど、ゼロより遥《はる》かにましでした。

ぼくが女《おんな》の子《こ》を捜《さが》し当《あ》てて助《たす》けた、ということが話題《わだい》になって、テレビや雑誌《ざっし》がぼくと〝担当《たんとう》〟を取材《しゅざい》に来《き》て、ぼくをいっぱい撮影《さつえい》して、〝担当《たんとう》〟はインタビューをたくさん受《う》けていました。

良《よ》かった、と思《おも》いました。

〝担当《たんとう》〟も、嬉《うれ》しそうでした。

〝担当《たんとう》〟は、自分《じぶん》が有名《ゆうめい》になりたい、なんてちっとも思《おも》っていない人《ひと》なんですけど、災害救助犬《さいがいきゅうじょけん》が成果《せいか》を出《だ》して、世間《せけん》で認《みと》められることが本当《ほんとう》に嬉《うれ》しい、と言《い》って、みんなの前《まえ》でぼくをなでてくれました。

ぼくも嬉《うれ》しがって体《からだ》をくねらせたら、みんな笑《わら》ってくれました。

楽《たの》しかった。ぼくの一生《いっしょう》で、一番《いちばん》楽《たの》しかった日々《ひび》でした。

その後《あと》、何度《なんど》もぼくと〝担当《たんとう》〟は、いろんな被災地《ひさいち》に行《い》きました。

地震《じしん》や山崩《やまくず》れ、台風《たいふう》や竜巻《たつまき》の通《とお》った後《あと》にも行《い》きました。

迷子《まいご》になった子供《こども》を捜《さが》したり、どこかに出《で》て行《い》ったきり、帰《かえ》ってこないおじいさんを捜《さが》したこともありました。

外国《がいこく》の災害現場《さいがいげんば》にも行《い》って、外国《がいこく》の救助犬《きゅうじょけん》と一緒《いっしょ》に捜索《そうさく》をしたこともありました。

成果《せいか》はあるときもあれば、ないときもありました。さすがに外国《がいこく》の場合《ばあい》には、災害派遣《さいがいはけん》に時間《じかん》がかかるので、もうどうしようもないことばかりでした。

たくさんの経験《けいけん》を、ぼくと〝担当《たんとう》〟はしてきました。

でも、ある日《ひ》、〝担当《たんとう》〟はいなくなってしまったのです。

その被災地《ひさいち》では、家《いえ》が壊《こわ》れてその下《した》に埋《う》もれている人《ひと》がたくさんいる、という連絡《れんらく》が来《き》ました。

ぼくと〝担当《たんとう》〟は、ヘリコプターからハーネスで降下《こうか》して、消防《しょうぼう》のレスキュー隊《たい》とともに被害《ひがい》のひどい現場《げんば》に向《む》かいました。

地震《じしん》から、まだ六時間《ろくじかん》ほどしかたっていなくて、被災《ひさい》してケガをした人《ひと》を病院《びょういん》に運《はこ》ぶ事《こと》も、終《お》わっていない頃《ころ》でした。

商店街《しょうてんがい》では、ガスが漏《も》れたのに引火《いんか》して、火事《かじ》も起《お》きていました。水道管《すいどうかん》も破《は》裂《れつ》したらしく、水《みず》も停《と》まってしまい、消火活動《しょうかかつどう》も充分《じゅうぶん》にできないようでした。

「昔《むかし》の地震《じしん》に似《に》ている。急《いそ》がないと。リープ、今《いま》ならまだ、救《すく》える人《ひと》はいっぱいいる」

〝担当《たんとう》〟は、そう言《い》いました。

でも、そこはぼくが今《いま》まで経験《けいけん》した被災地《ひさいち》とは、ぜんぜん違《ちが》っていました。火事《かじ》が吹《ふ》き出《だ》す猛烈《もうれつ》なにおい。ガスのただようにおい。しょうゆやお酒《さけ》、いろんな食材《しょくざい》の入《い》れ物《もの》が壊《こわ》れて、そこからあふれるにおい。そして、……死《し》んだ人《ひと》のにおい。

さらには、降《ふ》り始《はじ》めた雨《あめ》と、火事《かじ》の生《う》み出《だ》す突風《とっぷう》が、助《たす》けを求《もと》めているかもしれない人《ひと》のにおいをかき消《け》していきます。「見《み》つけた」と思《おも》っても、それは救助《きゅうじょ》活動《かつどう》をしている自衛隊《じえいたい》の人《ひと》のにおいだったりしました。

それでも、ぼくはがんばりました。

風《かぜ》の神様《かみさま》、大気《たいき》の神様《かみさま》に祈《いの》りを捧《ささ》げ、助《たす》けるべき人《ひと》のにおいを届《とど》けてもらいました。

ぼくは崩《くず》れた家《いえ》やがれきの下《した》で動《うご》けなくなっている人《ひと》を見《み》つけると吠《ほ》え、〝担《たん》当《とう》〟がそこにレスキュー隊《たい》の人《ひと》を呼《よ》ぶと、また次《つぎ》の人《ひと》を捜《さが》しに行《い》きました。

そして、商店街《しょうてんがい》から一筋細《ひとすじほそ》い道《みち》を入《はい》った奥《おく》に、火事《かじ》の起《お》きている家《いえ》があり、その隣《となり》の家《いえ》あたりから、生《い》きている人《ひと》のにおいを感《かん》じた時《とき》のことです。

ぼくが開《あ》いていたドアから中《なか》に入《はい》ってみると、天井《てんじょう》が崩《くず》れかかってできた三角《さんかく》形《けい》の小《ちい》さな隙間《すきま》に、倒《たお》れている人《ひと》がいました。

ぼくは「いたよ！　見《み》つけたよ！」と吠《ほ》えて、〝担当《たんとう》〟にそれを知《し》らせました。〝担当《たんとう》〟は無線《むせん》でレスキュー隊《たい》の人《ひと》を呼《よ》んだのですけど、他《ほか》の救助活動《きゅうじょかつどう》で手一《てい》杯《っぱい》らしく、誰《だれ》も来《き》てくれません。火《ひ》がどんどん大《おお》きくなって、こちらの家《いえ》にも燃《も》え広《ひろ》がろうとしていました。

本当《ほんとう》はいけないのに、〝担当《たんとう》〟は倒《たお》れている人《ひと》を助《たす》け出《だ》そうとしました。倒《たお》れている人《ひと》の前《まえ》にあったタンスをどけて、〝担当《たんとう》〟がその人《ひと》を抱《だ》きかかえようとした時《とき》です。下《した》から突《つ》き上《あ》げるような、すごい衝撃《しょうげき》と大《おお》きな揺《ゆ》れが来《き》ました。

余震《よしん》が来《き》たのです！

〝担当《たんとう》〟とその人《ひと》は床《ゆか》に転《ころ》がり、家《いえ》の柱《はしら》が折《お》れる音《おと》がして、〝担当《たんとう》〟のポケットからボールがこぼれました。

ぼくがあわてて〝担当《たんとう》〟のところに駆《か》け寄《よ》ろうとすると、

「持《も》ってこい！」と、〝担当《たんとう》〟は、いきなりボールを外《そと》に投《な》げました。

ぼくが反射的《はんしゃてき》にボールをひろうために家《いえ》の外《そと》に跳《と》び出《だ》した直後《ちょくご》、その家《いえ》は大《おお》きな音《おと》を立《た》てて崩《くず》れ落《お》ちました。

あちこちで悲鳴《ひめい》が上《あ》がり、舞《ま》い上《あ》がるほこりの中《なか》に、担当《たんとう》の血《ち》のにおいが、ぼくの鼻《はな》を襲《おそ》いました。

ぼくは吠《ほ》えました。だけど、誰《だれ》も来《き》てくれません。

ぼくは走《はし》って、救護《きゅうご》センターで無線《むせん》の中継《ちゅうけい》をしていた〝メガネさん〟にボールを渡《わた》して吠《ほ》えて、「こっちに来《き》て」と言《い》いました。

〝メガネさん〟は、最初《さいしょ》は「どうしたの？」と言《い》ってましたが、ボールについたひもをぼくが引《ひ》っぱるのを見《み》て、わかってくれました。

だけど、ぼくたちがその家《いえ》に駆《か》けつけた時《とき》には、もう家全体《いえぜんたい》が、炎《ほのお》に包《つつ》まれて、人間《にんげん》が焼《や》かれるにおいがしたのです。

ぼくは、喉《のど》が嗄《か》れるまで炎《ほのお》に向《む》かって吠《ほ》えたけど、

どうすることも、……できなかった。

6　〝担当《たんとう》〟がいなくなった

〝担当《たんとう》〟がいなくなった。
〝担当《たんとう》〟がどこにもいなくなった。

「死《し》んでしまう」ということが、もう息《いき》をしなくなって、動《うご》かなくなるだけじゃなくて、もういなくなって、もう逢《あ》えなくなる、ということがわかった。

〝担当《たんとう》〟は、どこに行《い》ってしまったんだろう？

ぼくと一緒《いっしょ》にずっと遊《あそ》んでくれて、ぼくと一緒《いっしょ》に何人《なんにん》もの人《ひと》を助《たす》けたのに、どうして〝担当《たんとう》〟は死《し》んでしまわなければ、ならなかったんだろう？

ぼくはずっと遊《あそ》ぶ気《き》をなくして、〝担当《たんとう》〟が残《のこ》していったひもつきボールだけをかじっていた。

〝担当《たんとう》〟、遊《あそ》ぼうよ。

〝担当《たんとう》〟、ボールの『引《ひ》っ張《ぱ》りっこ』しようよ。今度《こんど》は、わざと負《ま》けてあげるから……

〝担当《たんとう》〟のロッカーから服《ふく》や荷物《にもつ》がなくなり、〝担当《たんとう》〟のにおいもだんだん薄《うす》れて、なくなっていった。

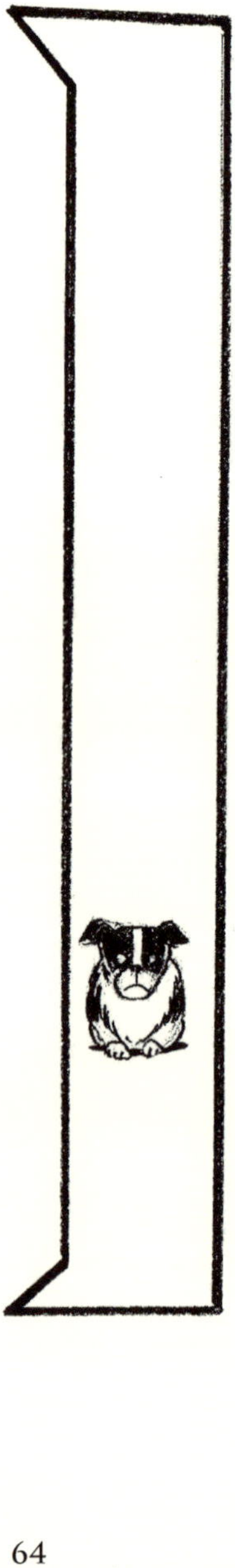

アシスタントをしていた、〝メガネさん〟が新《あたら》しい担当《たんとう》になってくれたけど、ぼくにとって〝担当《たんとう》〟は、いつもコーヒーのにおいのする〝担当《たんとう》〟だけだった。

ぼくは、自分《じぶん》はただの、普通《ふつう》の犬《いぬ》なんだ、と思《おも》った。

「ご主人様《しゅじんさま》にしか関心《かんしん》のない犬《いぬ》」。

〝担当《たんとう》〟は、ぼくにとってご主人様《しゅじんさま》だったんだ。他《ほか》の人《ひと》と遊《あそ》ぶのも、そうするとご主人様《しゅじんさま》が喜《よろこ》んでくれるからだったんだ。

ぼくは「例外的《れいがいてき》な犬《いぬ》」なんかじゃない。

ただの、普通《ふつう》の犬《いぬ》で、ご主人様《しゅじんさま》と遊《あそ》びたくて、ご主人様《しゅじんさま》が喜《よろこ》んでくれるから、災害救助犬《さいがいきゅうじょけん》の訓練《くんれん》を受《う》けているだけだったんだ。

だけど、そのご主人様《しゅじんさま》である〝担当《たんとう》〟がいなくなったら、ぼくはもう、誰《だれ》のために何《なに》をしたらいいか、さっぱりわからなくなったんだ。

〝担当《たんとう》〟、どこに行《い》っちゃったんだよう。

遊《あそ》ぼうよ。
歯磨《はみが》きしてくれよ。
マッサージしてくれよ。
ブラッシングしてくれよ。
ぼく、訓練《くんれん》、がんばるよ。

だから、「いい子《こ》だ」って言《い》ってくれよ。
「リープ、よくやった。大好《だいす》きだ」って、
また言《い》ってくれよ。
『引《ひ》っ張《ぱ》りっこ』しようよ、ねえ。

すっかり怠《なま》け者《もの》になって、まじめに訓練《くんれん》をしようとしないぼくに、新《あたら》しい担当《たんとう》の〝メガネさん〟は、ついにブチキレて、言《い》った。

「リープ、あの人《ひと》を亡《な》くして、悲《かな》しいのは、あなただけじゃないのよ！　だけどね、あなたが救助犬《きゅうじょけん》としてダメになったら、あの人《ひと》があなたをずっと訓練《くんれん》していたことが、全部《ぜんぶ》ムダになっちゃうのよ！　そしたら、あなたの大好《だいす》きだったあの人《ひと》も、きっとがっかりするのよ！」

〝メガネさん〟は、泣《な》いていた。

そうか。この人《ひと》も、〝担当《たんとう》〟のことが好《す》きだったんだ。

この人《ひと》も悲《かな》しくて仕方《しかた》がないんだ。でも、泣《な》いてるだけだったら、〝担当《たんとう》〟が命《いのち》をかけてやってたことがムダになるから、この人《ひと》は続《つづ》けようとしているんだ。

……ぼくはまた、訓練《くんれん》を始《はじ》めた。

新《あたら》しい担当《たんとう》の、〝メガネさん〟と一緒《いっしょ》に、〝担当《たんとう》〟の後《あと》を継《つ》いで、〝担当《たんとう》〟のやろうとしたことを完成《かんせい》させるために、ぼくたちは動《うご》き始《はじ》めた。

7　超救助犬《ちょうきゅうじょけん》リープ

そうしていた時《とき》、また災害派遣《さいがいはけん》の依頼《いらい》があった。訓練所《くんれんじょ》の人《ひと》は、本当《ほんとう》はぼくを引退《いんたい》させるつもりだったらしいんだけど、ぼくは有名《ゆうめい》だったし、元《もと》の〝担当《たんとう》〟も有名《ゆうめい》だったから、どうしても、ということで、派遣《はけん》されるグループに入《はい》ることになった。

被災地《ひさいち》についた。前《まえ》の被災地《ひさいち》に似《に》ていた。

ぼくは悲《かな》しいことを思《おも》い出《だ》して、身《み》がすくんだ。

また誰《だれ》かを見《み》つけて、ぼくが吠《ほ》える。そしたら、新《あたら》しい担当《たんとう》の〝メガネさん〟がその人《ひと》を助《たす》けようとして、また地震《じしん》があって、〝メガネさん〟が死《し》んでしまう。

そんな恐怖感《きょうふかん》があった。

イヤだよ、もう。イヤだったら。

だけど、……そんな気持《きも》ちを吹《ふ》き飛《と》ばすようなにおいがした。

〝担当《たんとう》〟のにおいだった！

間違《まちが》いない。このにおいは〝担当《たんとう》〟のにおいだ。

人間《にんげん》が何十億人《なんじゅうおくにん》いようが、〝担当《たんとう》〟と同《おな》じにおいのする人間《にんげん》なんて、いるわけがない。

そんなことは絶対《ぜったい》にない。人間《にんげん》の百万倍《ひゃくまんばい》のぼくの嗅覚《きゅうかく》をごまかすことなんて、絶対《ぜったい》にできるわけがない！

ぼくは走《はし》った。
においを追《お》って走《はし》った。
〝メガネさん〟がぼくの後《あと》をついてくる。
〝担当《たんとう》〟だよ、〝担当《たんとう》〟がいるんだよ、このがれきの下《した》に！
ぼくはそう吠《ほ》えて叫《さけ》んだ。

「要救助者《ようきゅうじょしゃ》、一人発見《ひとりはっけん》！」〝メガネさん〟が無線《むせん》に向《む》かって叫《さけ》ぶ。

そこに、知《し》らない男《おとこ》の子《こ》がいた。あれ？　〝担当《たんとう》〟じゃない。おかしい、〝担当《たんとう》〟はどこだ？

ぼくはまた〝担当《たんとう》〟のにおいを捜《さが》した。……そうか、『かくれんぼ』をしようってんだな。ようし、ぼくをなめるな！　すぐに見《み》つけてやるから！

ぼくは鼻《はな》を天《てん》にかざす。

――風《かぜ》よ、大気《たいき》よ、ぼくに〝担当《たんとう》〟のにおいを運《はこ》んでおくれ！

ぼくは、嗅覚《きゅうかく》を最大限《さいだいげん》に働《はたら》かせて、このにおいの洪水《こうずい》の中《なか》から〝担当《たんとう》〟のにおいを捜《さが》す。

きらりと、鼻先《はなさき》に感《かん》じるものがあった。

見《み》つけた！

ぼくはまた走《はし》った。

風《かぜ》の流《なが》れとにおいの濃淡《のうたん》からすると、すぐそこ、建物《たてもの》の向《む》こう側《がわ》あたりに隠《かく》れている。ほら、このドアの向《む》こうだ。ほら、鍵穴《かぎあな》からにおってくる！

ぼくは「見《み》つけた！」という思《おも》いを込《こ》めて、また吠《ほ》えた。自衛隊員《じえいたいいん》がかけつけて、バールでドアをこじ開《あ》ける。

『ああ、見《み》つかっちゃったか』と、金色《きんいろ》に光《ひか》る、半透明《はんとうめい》な体《からだ》をした〝担当《たんとう》〟が笑《わら》っていた。『じゃあ、今度《こんど》はちょっと難《むずか》しいぞ』と、〝担当《たんとう》〟は消《き》え、そこにおばあちゃんが倒《たお》れている。

そうか！　〝担当《たんとう》〟は「死《し》んだふり」をしていたんだ。

死《し》んだふりをして、金色《きんいろ》に輝《かがや》く不思議《ふしぎ》な体《からだ》になって、自分《じぶん》だけ一人《ひとり》で姿《すがた》を消《け》すニンジャみたいな技《わざ》を、どこかで研究《けんきゅう》していたんだ。

そうしてこのぼくに挑戦《ちょうせん》しようというのだな。

ならば、受《う》けて立《た》ってやろう。

〝担当《たんとう》〟がどこに隠《かく》れようとも、ぼくが全部《ぜんぶ》捜《さが》し出《だ》してやる！

　そうして、ぼくと〝担当《たんとう》〟は、三日間《みっかかん》、遊《あそ》び続《つづ》けた。
〝担当《たんとう》〟はニンジャの技《わざ》を身《み》につけているくせに、隠《かく》

れるのはヘタクソで、ぼくはすぐに見《み》つけてしまう。
そうすると、他《ほか》の人《ひと》を身《み》代《が》わりにして、また笑《わら》いながら消《き》えてしまうんだ。
これは、そういう遊《あそ》びなんだね。

ぼくは納得《なっとく》して、被災地《ひさいち》のがれきの中《なか》を、いつまでもいつまでも走《はし》り続《つづ》けた。

人間《にんげん》たちは、ぼくのことを、「超救助犬《ちょうきゅうじょけん》リープ」って、呼《よ》ぶようになった。

この間《あいだ》の被災地《ひさいち》で、初日《しょにち》に十一人《じゅういちにん》、二日目《ふつかめ》に五人《ごにん》、三日目《みっかめ》に二人《ふたり》、助《たす》けを求《もと》めている人《ひと》を見《み》つけた。

それが素晴《すば》らしい、災害救助犬《さいがいきゅうじょけん》の歴史上《れきしじょう》、前代未聞《ぜんだいみもん》の成果《せいか》を出《だ》したから、と、ぼくは表彰《ひょうしょう》されることになった。

だけど、ぼくはただ、〝担当《たんとう》〟と遊《あそ》んでいただけなんだけどな。

その後《ご》も、何度《なんど》か被災地《ひさいち》に行《い》った。地震《じしん》による建物《たてもの》の倒壊《とうかい》、土砂崩《どしゃくず》れ、竜巻《たつまき》の通《とお》った後《あと》。火山《かざん》の噴火《ふんか》が迫《せま》る町《まち》での避難状況確認《ひなんじょうきょうかくにん》や、洪水《こうずい》で行方不明《ゆくえふめい》になった人《ひと》の捜索《そうさく》もあった。

そこに行《い》けば、〝担当《たんとう》〟が待《ま》っていて、また『かくれんぼ』をして遊《あそ》ぶ。

〝担当《たんとう》〟はニンジャの修行《しゅぎょう》をしたくせに、隠《かく》れる方《ほう》の修行《しゅぎょう》はしていなかったみたいで、ぼくはいつもすぐに見《み》つけて、〝担当《たんとう》〟を驚《おどろ》かせる。

だってね、〝担当《たんとう》〟のにおいは、世界《せかい》の反対側《はんたいがわ》にいたって、ぼくにはわかるんだから。

〝担当《たんとう》〟は出世《しゅっせ》して、偉《えら》くなったから、もう普段《ふだん》はぼくと遊《あそ》べないんだ。その代《か》わり、被災地《ひさいち》では、いつもぼくと遊《あそ》んでくれることになっているんだ、きっと。

ぼくは、そう信《しん》じていた。

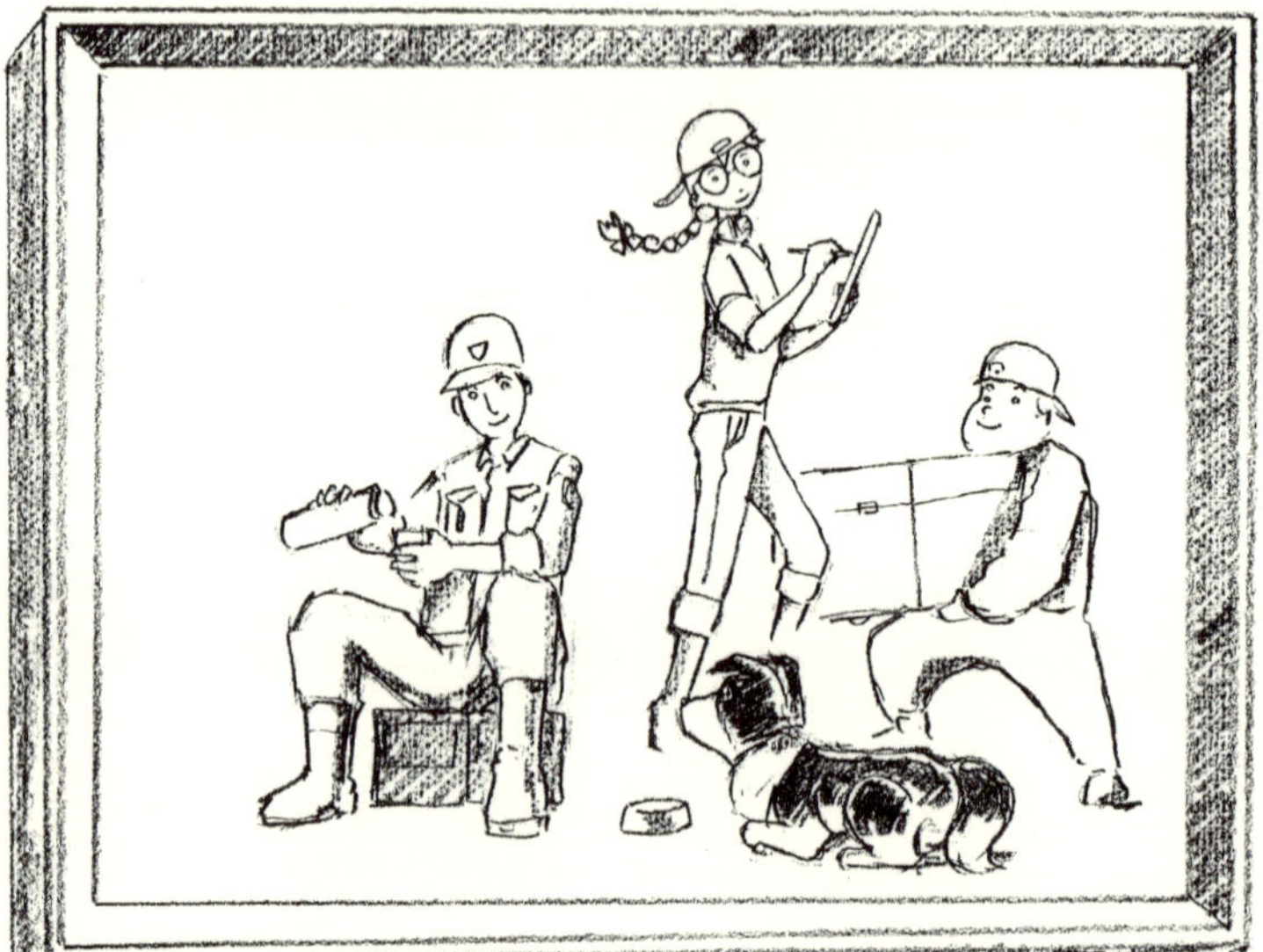

8 跳躍《ちょうやく》

そんなふうに、何年《なんねん》も、ぼくは、遊《あそ》んで、遊《あそ》んで、遊《あそ》んで暮《く》らしてきた。
いつもは「新《あたら》しい担当《たんとう》」の〝メガネさん〟と遊《あそ》んで、被災地《ひさいち》では「昔《むかし》の担当《たんとう》」の〝担当《たんとう》〟と遊《あそ》んだ。
だからもう、体《からだ》が動《うご》かなくなって、引退《いんたい》して、犬好《いぬず》きな人《ひと》に引《ひ》き取《と》られて、寝《ね》ていることが多《おお》くなったけど、ぼくは満足《まんぞく》だ。

――もう死《し》ぬのかな、と思《おも》う。

死《し》ぬって何《なん》だろう？　〝担当《たんとう》〟も「死《し》んだ」、って言《い》われていたけど、ちゃんと生《い》きていて、ずっと遊《あそ》んでくれたじゃないか。

きっと、「死《し》ぬ」っていうのは、どこか別《べつ》なところに行《い》くだけで、全部《ぜんぶ》なくなって消《き》えてしまうわけではないんだろうな。

春《はる》になって、暖《あたた》かくなってきた。
ぼくはずっと眠《ねむ》っていたいな、と思《おも》っていた。

もうあちこち痛《いた》いから、走《はし》ることもできないし、動《うご》かないでいるから、お腹《なか》もそんなにすかない。

このまま眠《ねむ》ってしまったら、もうそれで目《め》が開《あ》かなくても、いいかな。
もう充分《じゅうぶん》、遊《あそ》んだもんな……

そう思《おも》った時《とき》だった。
ぼくの鼻《はな》が、なつかしいにおいを嗅《か》ぎとった。

『……リープ！』と、そのなつかしいにおいの人《ひと》は言《い》った。

〝担当《たんとう》〟だ。

〝担当《たんとう》〟に決《き》まっている。

こんなコーヒーのにおいをぷんぷんさせる人間《にんげん》なんて、〝担当《たんとう》〟以外《いがい》には、全《ぜん》世界《せかい》に一人《ひとり》としているはずがない。

『リープ、迎《むか》えに来《き》たよ。……さあ、オレと行《い》こうか』

金色《きんいろ》に輝《かがや》く半透明《はんとうめい》の体《からだ》の〝担当《たんとう》〟はそう言《い》うと、手《て》に持《も》っていた金色《きんいろ》に光《ひか》るひも付《つ》きボールを、庭《にわ》の向《む》こうに投《な》げた。

『持《も》ってこい！』

ぼくは、軽《かろ》やかに跳躍《リープ》した。

重《おも》たくなった体《からだ》をするりと捨《す》てて、〝担当《たんとう》〟と同《おな》じような金色《きんいろ》に輝《かがや》く半透明《はんとうめい》の体《からだ》になると、ぼくはボールが庭《にわ》のどのへんに落《お》ちて、どこまで弾《はず》んで転《ころ》がるかを予想《よそう》して、そこに向《む》かって全速力《ぜんそくりょく》でダッシュをし、跳躍《ちょうやく》した。

瞬時《しゅんじ》にボールを咥《くわ》えると反転《はんてん》し、もう一度《いちど》思《おも》いっきり跳躍《ちょうやく》すると、笑《わら》い顔《がお》を見《み》せる〝担当《たんとう》〟の胸《むね》に飛《と》び込《こ》んだ。

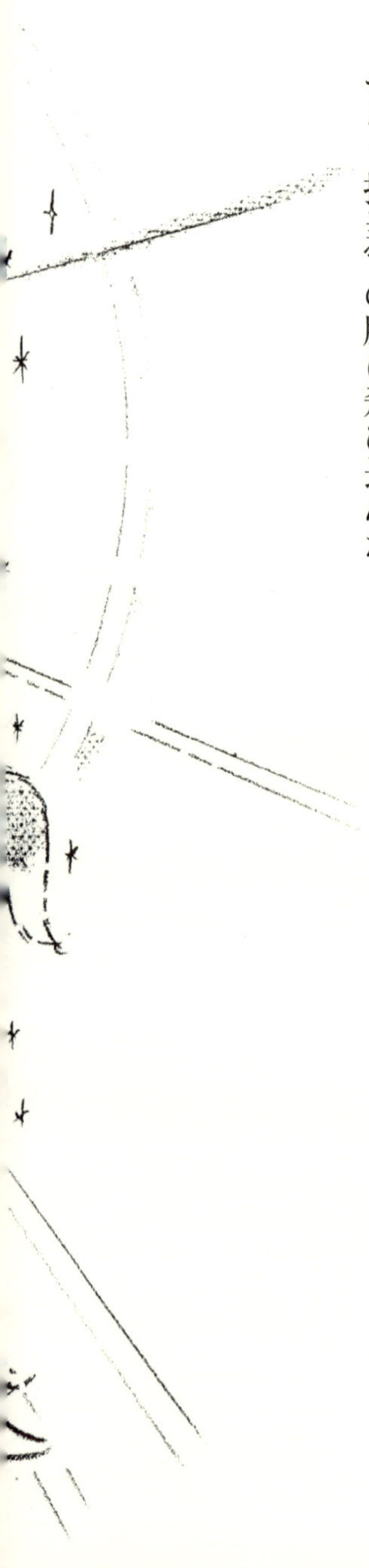

〝担当《たんとう》〟はぼくをなでて、ぎゅっと抱《だ》きしめてくれる。

〝担当《たんとう》〟の心が伝《つた》わってきた。……ぼくたちは、いつの時代《じだい》も一緒《いっしょ》だった。〝担当《たんとう》〟が生《う》まれ変《か》わるたびにぼくも地上《ちじょう》に生《う》まれて、いつも〝担当《たんとう》〟と遊《あそ》んでいた。

生《う》まれる時代《じだい》や環境《かんきょう》により、猟犬《りょうけん》だったり、牧羊犬《ぼくようけん》だったり、救助犬《きゅうじょけん》だったりしたけど、ぼくはいつもぼくであり、〝担当《たんとう》〟はいつもぼくの〝担当《たんとう》〟だった。


それは約束《やくそく》だった。

ぼくと〝担当《たんとう》〟の、永遠《えいえん》の生命《せいめい》を生《い》きる上《うえ》での、永遠《えいえん》の約束《やくそく》だった。

だからぼくは、何《なに》も恐《こわ》いことなんかなかった。


ぼくと〝担当《たんとう》〟の、金色《きんいろ》に輝《かがや》く体《からだ》が、ハーネスなしで、空高《そらたか》く舞《ま》い上《あ》がった。

だけど、恐《こわ》くなんかない。

〝担当《たんとう》〟と一緒《いっしょ》なら、ぼくに恐《こわ》いものなど、この世界《せかい》に、永遠《えいえん》の世界《せかい》において、何《なに》ひとつあるはずが、……ないのです！

超救助犬リープ　おわり

あとがき　石黒久人

災害救助犬について　大島照明

授業で使われた『超救助犬リープ』　伊藤裕成

刊行に寄せて

公益社団法人日本獣医師会会長　藏内勇夫

株式会社損害保険ジャパン 取締役社長　櫻田謙悟

アニコム ホールディングス株式会社 代表取締役社長　小森伸昭

あとがき

石黒久人

小学生のころ飼っていた犬は、スピッツの血を引くらしい、白い雑種。親戚で生まれた子犬をもらってきてからは、学校から帰ると、ずっと遊んでいました。名前はコロ。交通事故で亡くなったときには、僕は二日間泣き続けて、遺体を家のブドウ畑の片隅に穴を掘って埋めてやり、お墓を作りました。

リープというのは、大好きだった漫画『超犬リープ』（原作・平井和正、漫画・桑田次郎）の主人公で、人間と話もできるし空も飛べる「スーパーロボット犬」の名前です。え？ どこかで聞いたタイトルだ、ですって？ そうなんです。本書のタイトルの元になったのがこの漫画。そして、不思議なことに、「災害救助犬のおはなしを書こう！」と思った時に、それも、普通の救助犬ではなく、スーパードッグのおはなしを書こう！ それも、頭の中にひらめいたのが『超救助犬リープ』というタイトル。さらに、物語の骨格が、一瞬のうちにインスピレーションとして降りてきた、ということがありました。

テレビで放映していた『名犬ラッシー』は毎週見ていましたし、椋鳩十先生の動物物語や、『シートン動物記』もいつも読んでいました。ですから、「動物を主人公にしたおはなしを書いてみたいな」という思いは、子供の頃から心の中にあったのかもしれません。

リープを「ボーダー・コリー」にしたのは、『ベイブ』という「牧羊豚」の映画に、「牧羊犬の夫婦」として出てきたボーダー・コリーが気に入ったから。

〝担当〟とリープのイメージ」については、本書の挿絵を描いていただいた、あも〜れ・たか氏に、「実は『新造人間キャシャーン』の、キャシャーンとフレンダーなんです」とお伝えしたところ、「やっぱり！」と言われたこともありました。

そうした、僕が飼っていた犬や、大好きだった物語世界の犬たちとの、楽しい思い出、悲しい思い出のエッセンスから生まれた物語が、本書『超救助犬リープ』なのです。

ありがたいことに、本書『超救助犬リープ』は、「日本動物児童文学賞」で大賞をいただき、多くの方々のお力添えで、児童文学書として出版されることになりました。

その出版の最初の打ち合わせで上京した折、偶然にも編集部の近くで災害救助犬に関するシンポジウムが行われており、かねてからご尊敬申し上げていた、災害救助犬「安芸」のハンドラー・山田道雄氏とお会いすることが叶いました。

（山田道雄氏は、海上自衛隊幹部学校長、海上幕僚副長、呉地方総監等を歴任され、退官後に、防災士・災害救助犬ハンドラーとなられた方です。桜林美佐氏のノンフィクション『ありがとう、金剛丸 〜星になった小さ

な自衛隊員～』にも登場しておられます）

僕はちょっと緊張し、「はじめまして。災害救助犬の物語を書いた者です」と、名乗らせていただき、『リープ』の掲載された「受賞作品集」をお渡しし、「いずれ機会があれば、世界で活躍している災害救助犬について、取材させていただきたいです」、とご挨拶したところ、数週間後、たいへん丁寧な長文のメールをいただきました。

その文面の最後のところには、僕だけでなく、読者のみなさんに対してのメッセージも含まれておりましたので、その一部を抜粋してご紹介させていただきます。

＊　＊　＊

石黒様

『超救助犬リープ』を読ませていただきました。

災害救助犬の事をよく取材され、また犬の気持ちをよく理解されて書かれていることに感心した次第です。

災害現場に赴いて、釘やガラスの破片で足を傷だらけにしながらも、その優れた嗅覚で生きている人のにおいを追って、瓦礫の中を探し続けてくれる災害救助犬。

私も、そうした災害救助犬を訓練し、実際に東日本大震災の時にも、救助犬とともに災害現場に行った者の一人です。（中略）

欧米を中心とした、救助先進国と言われる国々では、軍または人命救助を担当する消防が災害救助犬を持っていて、災害現場には即座に投入されるようになっています。

しかし残念ながら、現在の日本では、物語の中で描かれているような体制は、まだまだできておりません。（中略）

阪神大震災の後、日本でも「災害が起きた時、一人でも多くの人を救うために」ということから、いろいろな地域で災害救助犬を育成する民間団体が作られました。

石黒様が取材に行かれたという、「日本レスキュー協会」は、阪神大震災の災害現場の近くに住む有志の方々によって作られたものですし、また、私の属する「救助犬訓練士協会」は、いつ起こるかわからない地震や大規模の災害に備えて、犬の訓練士のボランティアの人々が中心になって作られた団体なのです。

ただ、いくつもの民間の救助犬団体がありますが、まだまだ作られてから時間が経っていないので、団体毎に救助犬の認定の基準や訓練の仕方が違っていたり、自衛隊や消防との連携が十分に取れていなかったりするため、混乱する災害現場で、捜索救助部隊と合同での捜索活動ができるような体制にはなっておりません。

私たちの協会は設立当時から、海外でも役に立つ救助犬を育てるという理想の下、国際救助犬連盟（ＩＲＯ）の定める基準を適用した試験を毎年行っていますが、これが中々の難関で、合格犬はそんなに多くありません。

また、苦心をして育てた優秀な災害救助犬を、いくらたくさん持っていても、現場に投入するタイミングが遅かったり、現場が犬の捜索に適していなかったりすれば、生存者の発見は大変難しいのです。そのためには平素から、県や市とか消防・警察・自衛隊と訓練を繰り返し行い、救助犬の能力や有効な使い方を理解してもらうことが大切になります。

実際の災害現場では、「超救助犬リープ」のように次々に生存者を発見することはなく、私たち協会の犬も東日本大震災をはじめ国内・海外を含めて数回出動をしていますが、犬自体による発見はゼロです。

このように日本に「災害救助犬」を定着させるためにも、まだまだやらなければならないことがたくさんあります。

（海外では、国連の国際捜索救助諮問機関が、救助犬の認定基準を定め、「国際出動救助犬チーム認定試験」が実施されています）

また、この物語にも描かれていますが、救助犬を育てる訓練も大変です。

救助犬の訓練士やハンドラーの人が、何も知らない子犬の時から、粘り強く育てていく必要がありますし、二次災害の伴う危険な災害現場でも、犬と一緒になって捜索活動をしなければなりません。

そこに必要なのは、「愛情」です。

子犬を「救助犬」として育てる愛情。

「助けを求めている人を、探し出して救いたい」という愛情。

犬もまた、そうしたハンドラーの愛情を一身に受けるからこそ、その愛情に応えようとして、がんばってくれるのです。


この物語を読まれた方の中には、将来「担当」のような「災害救助犬のハンドラーになりたい」と思われる方もおられるかもしれませんが、ほとんどの方は、そうではない人生を送られることでしょう。

でも、もしあなたの人生の中で、犬と接したり、犬を飼うことがあるのでしたら、ひとつだけお願いがあります。

犬を、可愛がってあげてください。愛情を注いであげてください。

犬ほど、「ご主人様」を愛し、「ご主人様」の愛を求める動物は、いないのです。

犬にとっての、最大の喜びは、愛情と信頼関係で結ばれた「ご主人様」に、心から褒めてもらうことなのです。

だからこそ、上辺だけでない真の信頼関係を築いた時、犬は人と人の関係以上にパートナーであり、戦友となります。

そして、災害救助犬は、その愛情と信頼に応えようとして、この物語のような「奇跡」を起こしてくれることさえ、あるのです。

山田道雄

そう、『超救助犬リープ』はフィクションです。スピリチュアル・ファンタジーです。「おはなし」を、子供たちにわかりやすくするために、「今の現実」とは違うことも書いています。

でも、そんな「おはなし」が、今、現実に、いつか誰かを救おうと努力されている方々にとっての、応援になればいいな、と思います。

そして、本書をお読みになってくださったみなさんが、今、現実にいる「災害救助犬」の存在にも興味を持ってくれて、がんばっている犬たちのことを気にとめていただけましたら、本当に嬉しいな、と思っております。

（著者）

＊　＊　＊

災害救助犬について

大島照明

犬は、最古の家畜といわれており、人間は、2～3万年前から犬とともに生活をしてきました。これは、狩猟生活の中で、犬が、獲物を発見し、さらに狩猟の手助けをするなど人間にとって最も重要であった食糧の確保に大きく貢献するとともに、夜間に危険な動物が接近することをいち早く人間に知らせ、危険を回避する（番犬）など人間生活にとって極めて有用であったことによるものです。

犬は、人の数千～数万倍といわれる鋭い嗅覚を持っており、さらに訓練を重ねることにより、人間の思い通りに活動させることができる（これを高い訓練性能を有するといいます）からです。この犬の持つ高い能力を利用して、最近では、犯人を追跡する警察犬、麻薬の密輸を発見する麻薬探知犬、不法に国内へ持ち込まれる食肉や果物を発見する検疫犬として、その活躍の場を広げてきています。

災害救助犬も、犬の持つ鋭い嗅覚を活用したものですが、その能力が高いだけで災害救助犬になれるわけではありません。災害現場は、極めて危険であり、救援隊をはじめとする多くの人が立ち会い、臭気、騒音等が満ちています。こうした中で冷静かつ効果的に捜索活動を行うためには、人の指示に的確に従うこと、高い運動能力を持っていること、高い集中力と勇敢さを持って積極的に捜索活動が行えること、周辺環境を見極める冷静さを有していること、危険を察知する能力を持っていること、多くの人の中で（その場にいない）遭難者を見つけるための高い記憶力、分析能力を有していることなど多面的でかつ高水準の能力が求められます。

災害救助犬になろうとする犬は、こうした能力を身につけるため、毎日厳しい訓練を受け、さらに認定試験を受ける必要があります。この厳しい認定試験に合格（合格率は1／3～1／4程度）した犬だけが災害救助犬なのです。また、災害救助犬になった後も、その能力の維持、向上のため、日々の訓練は続けなければなりません。

災害救助犬は、通常は災害救助犬3頭、指導手3名で1チームを構成しますが、極度の集中を要するため、予備の災害救助犬を用意し、疲労度合いを見ながら適宜交代しながら捜索に当たります。災害救助犬は、災害現場で、遭難者が発する臭いをかぎ取り、吠えて指導手に知らせますが、指導手は、同一地点で別の災害救助犬が同様に反応するかを確認します。このように、災害救助犬の仕事は、被災現場で遭難者を発見することであり、災害救助犬が遭難者を救出できるわけではありません。このため、災害救助犬の活動は、大規模災害時に設置される災害対策本部の指揮の下で、警察、消防、自衛隊等で構成する救出チームと一体的、組織的に活動しなければなりません。災害現場では、救出チームが、災害救助犬の活動を注視し、その反応があった場合にすぐに救出活動には入れるよう準備しています。災害救助犬が、遭難者がいないにもかかわらず指導手の歓心を引くために吠える行為（これを空吠えといいます）は、一刻を争う中で（災害発生後72時間を過ぎると、遭難者の生存率が大幅に低下するといわれています）、多くの時間と、救出チームの労力が無駄となりますので、厳に慎まなければなりません（こうしたことも、訓練で身につけます）。また、捜索活動に当たって、自分勝手な行動やパフォーマンスは、効果的な救出活動とならないばかりか、大混乱を来している災害現場に迷惑をかけかねませんので、絶対やってはいけない行為です。

災害はいつやってくるか予測できません。今日も、日本のどこかで、いつ出動の命令が出ても対応できるよう、出動態勢を整えながら、厳しい訓練を続けている。それが災害救助犬なのです。

（一般社団法人ジャパンケネルクラブ専務理事）

授業で使われた『超救助犬リープ』

伊藤裕成

私は「日本レスキュー協会」という、災害救助犬やセラピー犬を育成する民間団体の理事長をしています。理事長として、様々な仕事がありますが、その仕事のひとつに、中学校や高校などに行って生徒のみなさんにお話をし、救助犬やセラピー犬についての理解を深めてもらうことがあります。

しかし、限られた時間の中で、「救助犬は災害の時に、どのように役に立つか」「今の日本社会において、救助犬にもっと活躍してもらうためには、どのような制度改革が必要か」といったことをすべてお伝えするのは、なかなか難しいことなのです。

そうしたある日、作家の石黒先生が当協会にいらっしゃいました。当協会のハンドラーに取材して書かれた『超救助犬リープ』という作品が、「日本動物児童文学大賞」を受賞され、その挨拶に来られたのです。原稿を読ませていただいたところ、思わず涙ぐんでしまうような素晴らしい作品でした。また、そればかりではなく、私たちが日本中の人にお伝えしたいと思っていた救助犬のことが、子供にもわかる「救助犬の視点」で描かれておりました。

私はさっそく石黒先生に、「今度予定されている、大阪の中学校の講演で、この作品を使わせて欲しい」とお願いし、許諾をいただき、さっそく中学校の先生に「いい本がありますよ」と連絡しました。中学1年生の「総合的な学習の時間」の「福祉」の授業には、「車椅子・手話・要約筆記……」等の内容があるそうですが、その中に「使役犬（救助犬・身体障害者補助犬・セラピー犬など、人間の役に立つ犬）」というのがあって、私とハンドラーが、セラピー犬を連れて講演をすることになっていたのです。

『超救助犬リープ』は、参加される六十人ほどの生徒さんに、「事前学習」として読んできていただきました。

そうしたところ、生徒さんの質問のレベルが非常に高かったのです。一般的には「救助犬は、普段はどんな訓練をしてるのですか？」といった質問が多いのですけど、そのあたりは『リープ』を読んで学習されているので、より高度な質問が出てきたのだと思います。

また、連れて行ってデモをしたセラピー犬も、『リープ』と同じ「ボーダー・コリー」でしたので、生徒さんたちにはたいへん楽しんでいただきました。

先生からは、「『調べ学習』の感覚で読んでもらったのですけど、わかりやすいし、いい作品なので好評でした」との感想もいただきました。

『超救助犬リープ』が多くの子供たちに読まれ、救助犬のことを理解し、好きになってくれる人々が増えたら、私ども救助犬に関わる者としても、これに勝る喜びはありません。

（NPO法人 日本レスキュー協会 理事長）

ご挨拶

藏内勇夫

このたび、第25回日本動物児童文学賞で大賞を受賞した作品が、美麗に装丁されて刊行されることとなり、文学賞を主催したものとしても喜びに堪えません。著者の石黒久人様には、心からお祝い申し上げます。

日本動物児童文学賞は、㈳日本動物保護管理協会（以下「動管協」と記します）が、平成元年から20年以上続けてきた事業ですが、公益法人制度改革に伴い、平成22年4月に㈳日本獣医師会が動管協を吸収合併し、引き続き実施しています。本会は、平成24年4月から公益社団法人に移行し、これまで以上に公益事業活動を推進しているところです。私は、日本獣医師会と合併するまでの7年間、動管協の会長を務める一方、日本獣医師会の理事、副会長を18年間務めてまいりましたが、昨年6月に日本獣医師会の第12代会長に就任いたしました。以前にも、動管協の会長として本事業を実施してまいりましたが、新たに公益社団法人となった日本獣医師会の会長として推進していくこととなり、感慨深いものがあります。

日本動物児童文学賞は今回で第25回を迎え、今回も多数の応募作品の中から、特に優れた作品を選出して作品集にまとめさせていただきました。

本事業は、動物の愛護及び管理に関する法律（動物愛護管理法）の目的及び基本原則等の趣旨に則り、次代を担う子供達が正しい動物福祉・愛護の考え方を身に付けることができるよう、動物の福祉・愛護に関するより良い文学作品を広く募集し、選考・審査の上、入賞作品を日本動物児童文学賞として決定し表彰・公表するとともに特に優れた作品を普及させることにより、児童の健全な育成と豊かな人間性を涵養することを目的として実施しています。

今回の大賞受賞作品の「超救助犬リープ」は、災害救助犬リープと犬訓練士〝担当〟さんとの深い愛情が表現された心温まる物語であり、犬の性格によって、警察犬、救助犬、盲導犬、聴導犬等、役割が違う使役犬が存在すること、また、特に災害救助という危険と隣り合わせの中で活躍する救助犬について理解を深めることができる作品です。次代を担う子供達が、本書を通じて動物を飼うことの責任の重さを学び、命の尊さや動物を慈しむ心を養い、情操豊かな大人に成長していくことを心より願ってやみません。なお、本事業の推進に多大なご支援をいただいている、株式会社損害保険ジャパン並びにアニコムホールディングス株式会社、そしてご理解とご協力をいただいた環境省、文部科学省、文化庁をはじめとする関係各省庁、動物愛護関係団体の方々に対し、心から厚く御礼申し上げます。

（公益社団法人 日本獣医師会・会長）

第25回日本動物児童文学大賞受賞作
『超救助犬リープ』の刊行をお祝いします

櫻田謙悟

第25回日本動物児童文学賞で大賞を受賞した『超救助犬リープ』の刊行おめでとうございます。

日本動物児童文学賞は平成元年に「次代を担う子供達が文学を通して正しい動物愛護の考え方を身につけることができるよう、動物愛護に関する良い文学作品を送り出す」という目的のもと、社団法人日本動物保護管理協会の事業としてスタートし、動物の虐待防止、動物の適正飼養、人と動物のふれあい、人と動物との共生、動物の愛護などをテーマとした数々の優秀な作品が選出されてきました。この事業は公益社団法人日本獣医師会に、平成22年度から引き継がれましたが、その目的や精神は事業発足時からまったく変わっていません。本事業の推進に尽力されている、公益社団法人日本獣医師会の皆さまに敬意を表します。

私ども株式会社損害保険ジャパンは、この事業の目的と取り組みに深く感銘を受け、第2回（平成2年）より協賛させていただいており、協賛を通じて、幅広い分野での社会貢献が実現できると考えています。同じ地球上で、また同じ社会で人と動物が共生し、子供たちがそのふれあいのなかで動物に対する慈しみの心や命の尊さを学び、一方では一定の規律を守りながら育っていくことは、心の豊かな大人へと成長し、そして明るい社会づくりに結びつくものと確信しています。

子供たちの大切な未来のためにも日本動物児童文学賞が今後一層広く普及していくことを切に願います。また、本書の普及によって救助犬への認知が進み、災害救助の一助となることを祈念しています。

また、本事業の根幹となる「動物の愛護及び管理に関する法律」の規定に基づき、「動物の愛護及び管理に関する施策を総合的に推進するための基本的な指針の一部を改正する件」等が平成25年8月30日に公布されたことについて、関係する皆さま方のご尽力に心から敬服いたします。

今後も、本事業にご理解とご協力をいただいております、環境省、文部科学省をはじめとする関係各省庁、動物愛護関係団体の皆様と、共に力を合わせ、動物福祉・愛護の発展に寄与できるよう努力してまいります。

最後に、著者の石黒久人様には、今回このようなご挨拶の場をご用意くださいましたことに、厚く御礼申し上げます。本書が多くの児童に親しまれ、心の糧となることを願い、石黒様のさらなるご活躍に期待するものです。

（株式会社損害保険ジャパン 取締役社長）

『超救助犬リープ』の発刊に寄せて

小森伸昭

第25回日本動物児童文学大賞受賞作品が、このたび出版の運びとなりましたこと、著者の石黒様に心よりお祝い申し上げます。

私どもアニコムグループは、公益社団法人日本獣医師会の実施する「日本動物児童文学賞」事業に、第22回より協賛しております。これは、この事業が「次代を担う子ども達が正しい動物福祉・愛護の考え方を身に付けることができるよう、動物の福祉・愛護に関するより良い文学作品を広く募集し、選考・審査の上、入賞作品を日本動物児童文学賞として決定し表彰・公表するとともに、特に優れた作品を普及させることにより、児童の健全な育成と豊かな人間性を涵養する」という目的のもとに実施されており、私どもも、この目的に深く共感したためです。

東日本大震災をはじめとした大規模・多様化する災害を受け、災害救助犬の必要性は高まっていますが、まだその能力は一般には広く知られておりません。本書により災害救助犬の認知が広まり、近い将来、この作品の主役であるリープのように活躍する災害救助犬が多く生まれることを願っています。

本書に登場する犬たちは、性格によって様々な役割を担い人と共生しています。人と動物が種を越えた家族として、互いに助け合い生活する環境が、今後さらに整っていくことでしょう。そのような環境の中、将来、社会を担う子どもたちが、正しい動物福祉・愛護の考え方を身に付けることは必要不可欠です。本書を通じ、どうぶつと暮らすことの責任の重さや命の尊さを学びとり、感性豊かで多彩な個性を持った大人に成長していくことを願ってやみません。

弊社では、動物も家族の一員であるという想いのもと、ペット保険というサービスを通じて、動物と人間がより良く生活できる環境の構築を目指しています。

今後も、日本動物児童文学賞への協賛のみならず、環境省、文部科学省、文化庁をはじめとする関係省庁、動物愛護関係団体の皆さまと、共に力を合わせ、動物福祉・愛護の発展に寄与できるよう努力してまいります。

出版にあたり尽力されました関係者の方々に敬意を表すると共に、今回このようなご挨拶の場をご用意いただけましたことに感謝申し上げます。

（アニコム ホールディングス株式会社 代表取締役社長）

日本獣医師会主催／日本動物児童文学賞募集概要

■ 通常の募集期間
毎年1月1日から同年4月20日　(当日消印有効)

■ 募集内容
読者対象：満6歳以上12歳までの学齢児童。
テーマ設定：動物の虐待防止、動物の適正飼養、人と動物のふれあい、人と動物との共生及び動物福祉・愛護等を扱ったもの。
発表の有無：未発表の作品であること。
(ただし、商業出版を目的としない同人雑誌等への発表は差し支えない。)

■ 応募資格
プロ・アマチュアを問わず、年齢15歳以上の者とする。ただし、過去の本賞における大賞受賞者は対象外とする。

■ 応募規定
原稿枚数：A4サイズ400字詰め原稿用紙を縦書きで使用すること。総枚数は40枚以上60枚以内とする。
提出形式：原稿は、原則としてワープロ原稿とする。20字×20行の体裁で印字すること。

■ 問合せ先
公益社団法人　日本獣医師会事務局
電話　03-3475-1695
＊応募作品の内容訂正、審査状況に関する問合せは不可
賞、著作権、応募作品の返却等についてなど、詳しくは日本動物児童文学賞作品募集のホームページを参照。

下記キーワードで検索

一般社団法人ジャパンケネルクラブ

http://www.jkc.or.jp/
〒 101-8552 東京都千代田区神田須田町 1-5
TEL：03-3251-1651（代表）
ジャパンケネルクラブでは、公認災害救助犬育成訓練所・指導手規程に基づいて、ＪＫＣ公認災害救助犬育成訓練所を認定しております。

JKC 公認災害救助犬育成訓練所一覧

■ 犬の学校
所長：本田 憲
所在地：〒 982-0261 宮城県仙台市青葉区折立 2-8-1
TEL：022-226-2367

■ 仙台第一警察犬訓練所
所長：川村治正
所在地：〒 989-1257 宮城県柴田郡大河原町新寺北 148-1
TEL：0224-52-6052

■ 栃木県警察犬訓練所
所長：池上行雄
所在地：〒 329-0515 栃木県下野市中大領 406-2
TEL：0285-53-1613

■ 清水警察犬家庭犬訓練所
所長：清水義教
所在地：〒 379-2215 群馬県伊勢崎市赤堀今井町 2-870-2
TEL：0270-63-3741

■浦和第一警察犬訓練所
所長：羽鳥政男
所在地：〒 344-0042 埼玉県春日部市増戸 13-1
TEL：048-754-0398

■ 警察犬訓練所いちのせ
所長：一瀬なぎさ
所在地：〒 350-0827 埼玉県川越市寺山 558-1
TEL：0492-24-8868

■ 大井警察犬訓練所
所長：堀内寿子
所在地：〒 350-1156 埼玉県川越市中福町 880-5
TEL：0492-63-1772

■ 伊藤訓練所
所長：伊藤博
所在地：〒 350-1317 埼玉県狭山市水野 147-55
TEL：0429-58-5634

■ 犬の学校内田訓練所
所長：内田巧
所在地：〒 358-0014 埼玉県入間市宮寺 2136
TEL：0429-34-5717

■ 梅香荘警察犬・家庭犬学校
所長：根本一志
所在地：〒 362-0059 埼玉県上尾市平方町 2567
TEL：048-726-2423

■ 杉浦愛犬・警察犬訓練所
所長：杉浦基彰
所在地：〒 184-0013 東京都小金井市前原町 4-4-34
TEL：0423-81-5915

■ 横須賀警察犬訓練所
所長：進藤晃
所在地：〒 239-0842 神奈川県横須賀市長沢 6-29-8
TEL：046-848-5760

■ 横浜安達警察犬訓練所
所長：安達俊夫
所在地：〒 241-0014 神奈川県横浜市旭区市沢町 362
TEL：045-371-0209

■ 中口警察犬訓練所
所長：中口靖男
所在地：〒 253-0103 神奈川県高座郡寒川町小谷 3-14-7
TEL：0467-74-5659

■ 須山警察犬・愛犬訓練学校
所長：須山永久
所在地：〒 259-1126 神奈川県伊勢原市沼目 7-1011-2
TEL：0463-96-6193

■ 臨港警察犬・愛犬訓練学校
所長：工藤文夫
所在地：〒 223-0056 神奈川県横浜市港北区新吉田町 5848-1
TEL：045-593-9993

■ 山梨愛犬訓練学校
所長：斉藤一
所在地：〒 401-0511 山梨県南都留郡忍野村忍草 3226-6
TEL：0555-84-2487

■ 北陸畜犬訓練所
所長：中谷米吉
所在地：〒 921-8025 石川県金沢市増泉 3-17-40
TEL：0762-42-7227

■ 岐阜ドッグトレーニングセンター
所長：山口常夫
所在地：〒 501-3306 岐阜県加茂郡富加町大山 413
TEL：058-263-0553

■ドッグスクールＪＯＹ
所長：近藤真光
所在地：〒 503-0202 岐阜県安八郡輪之内町大藪 2736-2
TEL：0584-68-2035

■ 滋賀山本警察犬訓練所
所長：山本利三
所在地：〒 520-3232 滋賀県湖南市平松 553-46
TEL：0748-72-2645

■ 長岡京ドッグスクール
所長：長谷川彰
所在地：〒 617-0843 京都府長岡京市友岡西畑 25
TEL：075-953-1884

■ 六甲ドッグスクール
所長：宗平博士
所在地：〒 673-0453 兵庫県三木市別所町下石野 1108-456
TEL：0794-82-8829

■ ノイマン・ドッグ・スクール
所長：新田邦善
所在地：〒 779-0102 徳島県板野郡板野町川端字富ノ谷口 34-1
TEL：0886-72-3267

■ 玉名ドッグスクール
所長：前田清文
所在地：〒 865-0065 熊本県玉名市築地 1396-44
TEL：0968-73-3829

②

■ 国際協力 NGO ピースウィンズ・ジャパン（PWJ）
本部：〒 720-1622 広島県神石郡神石高原町近田 1161-2 2F
http://peace-winds.org/
TEL：0847-89-0885
mail：job@peace-winds.org
紛争や災害、貧困などに直面している人びとに対して支援活動を展開。緊急災害時の初動対応力を高めるべく、広島県神石高原町にて災害救助犬とセラピー犬の育成事業を行う。

■ NPO 法人九州救助犬協会
http://krda.nomaki.jp/
事務局：861-4106 熊本県熊本市南区南高江 2-11-73
TEL：096-237-9991
mail：krda@comos.ocn.ne.jp
2003 年設立。現在九州各地に指導士 55 名、救助犬 65 頭が登録。九州各県及び市町村との災害出動協定も締結して活動中。

■ NPO 法人沖縄災害救助犬協会
http://www.tdso.jp/
事務局：〒 901-2101 沖縄県うるま市字西原 204
TEL：098-979-4111
救助犬による災害 救援活動に関する事業と共に、県内外の福祉施設等を訪問しセラピー犬を活用して、広域の人々の安心、安全を支援し地域社会の福祉の向上に寄与する。

《救助犬団体から推薦のあった犬訓練関係団体》

■ NPO 法人北海道ボランティアドッグの会
http://www.volunteer-dog.com/
事務局：〒 063-0022 北海道西区平和 2 条 5 丁目 7 － 4 恵和ビル 2 階
TEL：011-663-1501
mail：tt-takase@nifty.com
当会は、医療機関や福祉施設慰問でのセラピー犬活動を行っています。北海道各地で 100 匹以上のワンちゃんが活躍中！

■ 一般社団法人 日本ホワイトシェパード犬協会
http://www.japanwhiteshepherd.org/
住所：〒 365-0077 埼玉県鴻巣市雷電 2-3-45
TEL：048-540-4444
mail：info@japanwhiteshepherd.org

《救助犬団体から推薦のあった企業、学校》

■ペット＆ファミリー少額短期保険株式会社
http://www.petfamilyins.co.jp/
本社：〒 113-0033 東京都文京区本郷三丁目 34 番 3 号
TEL：03-5844-1120

■ セピア動物専門学院
http://www.sepia-pet.com/
所在地：〒 180-0004 東京都武蔵野市吉祥寺本町 2-23-7
TEL：0422-22-1212
創立 1975 年。JKC,ICC,JSAVA,PEIA 認定校。トリマー・訓練士・動物看護師養成専門の学校。
mail：info@sepia-pet.com

■大阪ＥＣＯ動物海洋専門学校
（旧大阪コミュニケーションアート専門学校）
http://www.osaka-eco.ac.jp/
所在地：〒 550-0013 大阪府大阪市西区新町 1 -32- 1
TEL：0120-141-807
mail：info@osaka-eco.ac.jp
業界とともに業界の求める「動物・海洋・自然環境」のプロを育てる学校。ドッグトレーナー専攻ではゼミに分かれての専門的な授業で家庭犬、警察犬、補助犬のトレーナーを目指している。数多くの卒業生が業界で活躍中。

■株式会社シグナル OS
http://www.signalos.co.jp/
本社：〒 733-0833 広島市西区商工センター 2-2-25
TEL：0120-607-444
mail：info@signalos.co.jp
全国の消防職員及び団員向けのウェアーや装備品類を販売している。同時に各地の救助犬競技会の開催に協力し、告知活動をサポート。

救助犬団体、及び関連団体・企業・学校 ①

■ NPO 法人 北東北捜索犬チーム
http://www.sousakuken.com/
事務局：〒 038-1342 青森県青森市浪岡大字樽沢字村元 365-4
代表者：岩本良二
TEL：0172-62-7213
チームのコンセプトは、"真に社会に役立つ捜索犬を育てよう！"であり、日々厳しい訓練を東北地方を拠点に行っています。
mail：k9kitatouhoku@yahoo.co.jp

■ NPO 法人 日本救助犬協会
http://www.kinet.or.jp/kyujoken
本部：〒 164-0012 東京都中野区本町 6-27-12 豊国ビル 1106 号室
TEL：03-6304-8787
阪神淡路大震災を契機に、ボランティアの手で多くの災害救助犬を育て、災害時の救助活動に貢献するため設立。

■ NPO 法人 救助犬訓練士協会（RDTA）
http://rdta.or.jp/
事務局：〒 252-0822 神奈川県藤沢市葛原 766-1 村瀬ドッグトレーニングセンター内
TEL：0466-49-3220
国際救助犬連盟 IRO に加盟。警察や自衛隊との共同訓練活動をし、関係各所の防災訓練にも参加。

■ NPO 法人 日本捜索救助犬協会
HP http://japansrda.com http://japansrda.blog.fc2.com/
事務局：〒 346-0104 埼玉県久喜市菖蒲町三箇 759-3
TEL：0480-85-8340
mail：japansrda@npgo.jp
埼玉県や茨城県等の協会施設で救助犬の育成、指導者の育成を実施。国内各地及び海外への災害地へ救助犬の派遣し、行方不明者の捜索活動を行う。

■認定ＮＰＯ法人 ＡＣＴ
http://actjapan.org/
所在地：〒 399-9301 長野県北安曇郡白馬村大字北城 2809- 1
TEL：090-4361-0159
mail：info@actjapan.org
山岳遭難・救助とその防止に関する事業を行うとともに、自然災害などの人命に関する事態にも迅速に対応し、国民の安全に寄与する事を目的として活動。

■ NPO 法人 石川県救助犬協会連合会
http://ird-a.org
事務局：〒 921-8134 石川県金沢市南四十万 3 丁目 39 番地
代表者：松平　博之
mail：ird-a@ird-a.org

■ NPO 法人 災害救助犬ネットワーク
http://www.drd-network.or.jp/
事務局：〒 930-0103 富山県富山市北代 3915
TEL：076-434-0099
mail：info@drd-network.or.jp
全国 26 都府県に拠点を持つ全国組織。2007 年から災害救助犬の育成にとりくみ、多くの災害出動経験を経て、実働に即した救助犬を全国に配置している。

■犬の訓練所きがわドッグスクール
http://kigawadogschool.jp/
住所：〒 418-0047 静岡県富士宮市青木 316-3
TEL：0544-23-6555
mail：kds-night.d-owl-1.2@ezweb.ne.jp
富士・富士宮を中心に犬の出張トレーニングを行っています。救助犬訓練士協会（RDTA）会員として、災害救助犬に関わるあらゆる活動に積極的に参加しています。

■ NPO 法人 災害救助犬静岡
http://www4.tokai.or.jp/kyujokensizuoka/
事務局：〒 439-0031 静岡県菊川市加茂 3435-1 ドッグスクールスギヤマ内
TEL：0537-36-2274
mail：sirukurodo-w.s@uv.tnc.ne.jp
毎週土曜日、菊川市の訓練場に集合し、実践的訓練をしています。私達は災害現場だけではなく、救助犬として使用できる出動及び社会奉仕活動の参加も積極的に行っております。

■ NPO 法人 愛知災害救助犬協会
http://www.mis.ne.jp/~k-9/
事務局：〒 444-0822 愛知県岡崎市若松東 2-24-18
TEL：0564-71-1811
mail: k-9@mis.ne.jp
愛知県警察と災害時における災害救助犬の出動に関する協定に調印。全国初の警察と民間の救助犬組織が災害時に協力して被災者の捜索活動を迅速に行う。

■ 一般社団法人 岐阜県災害救助犬協会
http://www.ccn3.aitai.ne.jp/~araiguma/
事務局：〒 500-8358 岐阜県岐阜市六条南 2-10-3
TEL：090-6088-1490
mail：shooter@ccn2.aitai.ne.jp

■ 認定 NPO 法人 日本レスキュー協会
http://www.japan-rescue.com/
本部：〒 664-0832 兵庫県伊丹市下河原 2-2-13 セラピードッグメディカルセンター内
TEL：072-770-4900
東日本大震災に対し、直ちに災害救助犬を出動させ、セラピードッグによる定期的な慰問活動、避難犬たちの一時預かりや里親探しの活動も行う。国内だけでなく、海外でも広く活動。
mail：info@japan-rescue.com

■ 災害救助犬　三重
http://homepage2.nifty.com/drda-mie/
事務局：〒 510-1246 三重県三重郡菰野町大羽根園青葉町１２番地の２
TEL：059-394-2265
mail：drd-mie-051215@mbd.nifty.com

■ NPO 法人 和歌山災害救助犬協会
http://kyujoken.rif.jp/
事務局：〒 647-0081 和歌山県新宮市新宮 7684
TEL・FAX：0735-23-1870

■ スニッファードッグ・カンパニー
http://sniffer-dog.net/
所在地：〒 669-1132 兵庫県西宮市名塩南台 2-10-3
TEL：090-7492-9025
mail：contact-0001@sniffer-dog.net
スニッファードッグ·カンパニーは、犬の優れた嗅覚を使った活動、社会貢献、遊び、ドッグスポーツの普及を目的としたグループで、災害救助犬、嗅覚を使ったワーキングドッグのセミナーやワークショップを開催し、情報共有の場を提供しています。

石黒久人　（いしくろ　ひさと）

1961年3月27日生まれ。山梨県勝沼町出身。小説・脚本を中心に、オピニオン誌等のライターを務める。幼少の頃、『鉄腕アトム』『サンダーバード』『シャーロック・ホームズ』等から「おはなし」の魅力に取り憑かれ、作家を志す。1995年、阪神大震災の時には、直後から災害現場での炊き出し、支援物資輸送にボランティアとして参加。その後、神戸で行われた「レスキューロボット」のイベントで災害救助犬のことを知り、取材を重ねる。2012年『貧乏神バスターズ・インク』が「ユートピア文学賞2012」にて佳作を受賞。2013年『超救助犬リープ』が「第25回日本動物児童文学賞」にて大賞を受賞。

あも〜れ・たか

本名、石山貴明。1960年7月21日生まれ。東京都板橋区出身。石山タカ明の名前では、アニメーションの監督、演出。あも〜れ・たか、としては、イラストレーションを手掛ける。幼少の頃、『鉄人28号』『科学忍者隊ガッチャマン』『仮面ライダー』に影響を受けアニメーションの仕事を夢見る。1981年、タツノコプロダクションに入社。『黄金戦士　ゴールドライタン』で演出デビュー。『未来警察ウラシマン』などの演出を担当しフリーに。1988年、『変幻退魔夜行カルラ舞う！』で監督デビュー、TV、OVA、劇場アニメを手掛ける。主な作品『機神兵団』『ビューティフル・ジョー』『おとぎ銃士　赤ずきん』『メイプルストーリー』『サクラ大戦〜桜花絢爛〜』『仏陀再誕』などがある。

超《ちょう》 救《きゅう》助《じょ》犬《けん》リープ

2014年7月15日　初版発行
文　石黒久人
絵　あも〜れ・たか
発行者　青木誠一郎
発行所　株式会社 学芸みらい社
〒162-0833 東京都新宿区箪笥町43番 新神楽坂ビル
電話番号 03-5227-1266
http://www.gakugeimirai.com/
E-mail : info@gakugeimirai.com
印刷所・製本所　藤原印刷株式会社
装幀　水崎真奈美
組版　ポエムピース株式会社
落丁・乱丁本は弊社にお送り下さい。送料負担でお取り替え致します。

ISBN 978-4-905374-35-0 C8093